歳月靜好

蒋勋

日常功课

人民文学出版社

著作权合同登记号　图字 01-2020-3928

图书在版编目（CIP）数据

岁月静好：蒋勋日常功课/蒋勋著. —北京：人民文学出版社，2022（2023.3重印）
ISBN 978-7-02-015951-2

Ⅰ.①岁…　Ⅱ.①蒋…　Ⅲ.①散文集—中国—当代　Ⅳ.①I267

中国版本图书馆CIP数据核字（2022）第112554号

责任编辑　樊晓哲　王昌改
装帧设计　陶　雷
责任校对　刘晓强　王　璐
责任印制　胡月梅

出版发行　人民文学出版社
社　　址　北京市朝内大街166号
邮政编码　100705

印　　刷　北京盛通印刷股份有限公司
经　　销　全国新华书店等

字　　数　70千字
开　　本　850毫米×1168毫米　1/32
印　　张　10.625
版　　次　2020年11月北京第1版
印　　次　2023年3月第2次印刷

书　　号　978-7-02-015951-2
定　　价　118.00元

目次

简体版序言

岁月静好

——节气里做日常的功课

二〇一四年十月，我到池上驻村，每天在田野间走路，一边是蜿蜒起伏的海岸山脉，一边是陡峻雄壮的中央山脉，一百七十五公顷的稻田宽阔广大。走在田陌间，感觉到晨昏变化，节气推移，日升月沉，花开花落，随手用手机留下刹那光影，记录一两段文字，想与外地朋友分享，因此开始在“脸书”发布，陆续积累了不少图文。

在池上走过的季节，晨昏，浮光掠影，借手机相片文字做记录，其实很随性，没有特别计划，也没有特定目的，大多没有评论，纯粹白描在自然间且行且走漫无目的的实时记录。

“浮云游子意，落日故人情”，我如浮云，随意飘荡，在一朵花前驻足，每一处山脚，每一处海域，每一处河口，都像前世故人。日落余晖，不期而遇，仍然叮咛再三，水深波浪阔，步步走去，都有慎重。

二〇一四年十月到二〇一六年五月，陆续发布在“脸书”的图文，整理编辑成了《池上日记》和《池上印象》。我翻阅两本书，才看到随性的记录里明显贯穿着二十四节气时间的推移变化。

从立春到雨水，从惊蛰到春分，从清明到谷雨，从立夏到小满……每两个星期左右，一次节气推移，应和着星辰流转，应和着风起云涌，应和着潮来潮去，应和着花开花落、日升月沉……这些在工业文明的现实里都会渐渐被遗忘、失去了意义的节气，却在池上这样一个农村，时时被农民记惦在口中。

数千年的农业文明，与土地赖以为生，与雨水、阳光、风云赖以为生，要兢兢业业，时时刻刻记得自然的变化。日照的长或短，定出了春分、秋分，四时里刻画了立春、立秋、夏至、冬至。惊蛰是大地万物从沉睡里苏醒，雨水是植物茁长的渴望，芒种、谷雨都是五谷萌生的记忆。到了小满，就看到池上田里的

三

稻谷抽出穗，结了最初一粒粒圆圆的谷粒。

我喜欢立秋以后的处暑，是夏天的结束，也是民间说的“秋老虎”。

白露、秋分、寒露、霜降是我喜爱的四个节气，早晚有凉风习习，清晨可以在树叶上看到一粒粒露水，空里流霜，夜晚可以灭灯看耿耿星河。

气候变迁了，都市杀死了节气，这几年，小雪、大雪常常连树叶都不变色。冬至燠热，吃着汤圆，心中忐忑。

回到土地，回到自然，认识节气，也许不是怀旧乡愁，而是自然异变时刻留给都会人的新的救赎吧！

小寒、大寒走过岁月，跟四时依序绽放又依序零落的花朵一一问候。河口涨潮，汹涌澎湃，犹记得青春，热泪盈眶。此时潮退，一波一波，在沙石泥泞中缓缓迂回退遁逝去，学会舍离，学会退潮离岸的告别。

我在节气里做救赎自己的日常功课。知道岁末寒冬，冷到极致，再过两星期，就是立春了。

二十四节气这样周而复始，不言不语，不动声色，数千年来，它在无言中，看过多少朝代兴亡，有多少人仰马翻的嚎啕涕泪。

朝代兴亡，涕泪丧乱，使历史惊动。

然而，朝代兴亡之上，还有岁月静好，可以静看山静云闲，静听鸟啼花放，无一点爱憎，无一点喜嗔，不哭不笑。

最近的两篇“脸书”都是二〇一九年在大陆旅途中的记录：一记山东潍坊青州窖藏的北齐佛像，一写雨中西湖泛舟。转贴在下面，做二〇二〇庚子年疫情的告别吧，祈愿众生平安！

北齐青州佛像一直给我很深的震动。

素朴洁净的一尊石雕，说不出来的眉宇之间隐约的悲悯。嘴角淡淡的微笑，什么也没有说，却使人从心里深处升起端正崇敬的欢喜与赞叹。

五

美到了极致，也许不是思维，不是逻辑，不是论辩，不是分析，像一朵花的绽放，仿佛与自己的前生或来世相遇。热泪盈眶，悲欣交集，只有合十敬慎，低头敛目，不可思，不可议。

每次去上海，都到震旦美术馆礼拜一尊青州佛像，多年来一直想去青州，想亲近这些佛像的原乡。这些佛像是某一次战乱或灭佛时被寺庙僧人刻意窖藏保护的，上千年过去，从泥土中被发现，脸上微笑仍在。

二〇一九年十一月二十三日至二十四日终于在青州见到了这些宿世记忆里的面容……

通过战乱、饥荒、天灾人祸，通过一次一次的死亡与衰老，通过哭与笑，通过爱与憎恨，通过舍与不舍，最终修行升华出眉宇的悲悯与嘴角淡淡的微笑，在俗世生死之上找到了永恒的静定。

北齐只有二十八年，却在青州出现了中土佛像最高峰的美学形式，究竟是什么力量促成这些佛像的出现？二十八年间北齐历史其实屠杀灾难战乱不断。读《北齐书》，政治斗争残酷到不忍卒读。是生命的不忍使这些面容低目垂眉吗？是生命的不忍使这些面容嘴角扬起淡淡的微笑吗？

也许我们从来没有真正领悟，对生命最大的不忍，除了眉宇之间的悲悯，还要坚持嘴边永远不应该消失的微笑吧？

很淡很淡的微笑，淡到不容易觉察。但是，只有持续这样微笑着，才对抗着屠杀、凌虐。在鬼哭人嚎的境域，在人仰马翻的灾难中，这淡淡的微笑像黑暗郁浊里一点点亮光，使人相信，暗郁会有尽头……

我站在这尊北齐青州佛像前，无端想起鲁迅悼念学生柔石殇逝的一篇文字，他用到的句子是："淡淡的血痕……"

二十四日正午看完佛像，去云门山广福寺用斋。山寺依山岩而建，北魏称"岩势道场"，颓

七

圮多年，由本悟大师重新规划建寺，伽蓝庄严朴质。感谢雪初师父引领礼佛，依阶从山门上至大雄宝殿，寺宇僧众，相貌皆如古佛像中走出，知道悲悯犹在，微笑犹在。

西湖人都知道：晴湖不如雾湖，雾湖不如雨湖，雨湖不如雪湖。

这或许是感伤者的意见吧，其实，晴、雾、雨、雪，我都去过，也都好。晴湖水光潋滟，阳光亮丽。如果是春天，走苏堤，自然知道“苏堤春晓”桃红柳绿的缭乱缤纷。“柳浪闻莺”是听觉的功课，也有春天黄莺鸟在柳丝飞扬中跳跃啁啾的愉悦欢欣。

起了雾，下了雨，“平湖秋月”“三潭印月”，山色空蒙，色彩褪淡，繁华去尽，风景只剩下水面流逝的光。今日雨中，西湖是一幅悠远的水墨长卷。哀乐入中年，可以微笑看山看水，可以微笑看花开花落，潮来潮去，云舒云卷，没有什么牵缠挂碍。

某年除夕到西湖，大雪纷飞，一片莹白。走过断桥，自然知道什么是舍离，什么是告别，什么是诸相非相。

我并不想只用哀伤的心境看山水，“曲院风荷”据说“曲”原是“麯（读作 qū）”，是南宋酿酒的“曲院”。盛夏炎热，风里酒香夹着荷花香，迎面扑来，那真是嗅觉的飨宴狂喜吧。

西湖是一年二十四节气的功课，“春晓”提醒“晨曦”，“雷峰夕照”就提醒“晚霞”。

今日又微雨，和好友二三雨中游湖，小舟或即或离，若远若近。宋元画里常有这样两艘船，若知己攀谈，又像是陌路，对面不相识，各自有各自的天涯海角。湖上来过白居易，来过苏轼，来过张岱，来过李叔同，他们不曾对话，留下的也只是千古的独白。

节气提醒的是自然秩序，希望二〇二〇年节气不乱，人事不乱。能有不乱之心笃定做好日常的功课。

把这几年的“脸书”做日常功课的图文，结集成书，我合十敬慎，为众生祈福——岁月静好。

二〇一九年岁末，大雪、小寒之际，珍重，珍重。

蒋勋记事

嵗月静好

SUI YUE JING HAO

LI CHUN

立春

欢欣与温暖

立春，是一年的第一个节气。
走到户外，看河边野生的植物，都蓬勃有朝气。
有一株浅鹅黄的美人蕉，花苞尖细如指，
花瓣依次陆续展开，颜色鲜嫩，
像新生的鹅绒；柔软明亮，迎着日光，
真像呼应初春的欢欣愉悦。

听到春天的声音

跟着田陌间的水圳走，就可以听到春天的声音。漫长的冬季，田里只剩下收割后孤寂沉默的稻梗，土块干硬皴裂。水圳里也干干的，没有一滴水。

立春过后，插秧前的讯号往往是水圳放水了。大的水圳哗啦哗啦，水声湍急汹涌，分散流向不同的小水圳。小水圳像人身上的微血管，把主动脉的水分输导流到不同的田土中去。

田地高低大小不一样，水圳的设计也随高低大小变化。水声因此或缓或急，或快或慢，或潺湲或铮淙，像白居易《琵琶行》里的诗句“大珠小珠落玉盘”，有时像“弦弦掩抑”，有时像“银瓶乍破”。池上田陌间的水声也如此呼应着唐人诗句。

静静在田陌间走一回，听水声的欢欣与忧愁，知道春天也有它的心事。

如果是夜晚，水声就贴在耳边，一路陪伴你的脚步，比白日还要贴心。

走一条路，像走自己的一生

好久没有到太鲁阁了，这是青年时一走再走的一条路。

沿着立雾溪，两侧峡谷是最震撼我的风景。一次一次走过，从少年到中年到进入老年，觉得也可以从奔腾激情啸傲，一段一段懂了潺潺湲湲，像如歌行板，像溪流过了险峻陡峭高峰，可以慢慢在浅滩巨石间回旋摇荡，不疾不徐。

走一条路，像走自己的一生。

知道上游源头已远，到达出海口也还需要时间。这一条穿山越岭的溪流，有过飞瀑，有过急流，有过险滩，有过深潭和漩涡，有过涓涓细流，也有过惊涛骇浪，在两山之间，它记录着岁月一日一日顿挫侵蚀的痕迹。

走下慈母桥，在茎西溪与立雾溪合流的地方，白色巨岩上全是水纹。水的妩媚婉转，水的纠缠牵连，水的愤怒，水的缠绵，像洪荒以来的

爱与恨，一一书写烙印在岩石上。

我坐下来，细细阅读岩石，阅读水几亿年间在巨石上留下的岁月纹身。

日本寺院入口处常有洗净手的一口水井，圆形，内有一方『口』，上下左右各有汉字偏旁，共有一『口』，组合成四个字的成语：『唯吾知足』。洗手祈福，看到这四个字，就会心一笑。

民间红，明亮而大气

从小住在大龙峒保安宫庙口，对于庙宇的红墙有很深的记忆。一种很特殊的红，只有民间百姓庶民的生活里有这样明亮而大气的颜色。温润、柔软、包容，好像不只是一种色彩，更是漫长岁月积累的世世代代信仰的厚重温暖。

许多老的庙宇拆除重建，那古老岁月的红就消失了。

重建的庙宇，红得很贫乏，红得很死，少了生命和时间的温度。

古老传统建筑的死亡并不只是指结构形式，也是指色彩。色彩常常是信仰的本质，像古代祭祀中的“歃血”为盟，有血，才有温度与痛痒。

岁月静好

SUIYUE JING HAO

YU SHUI

尊重土地

雨水

节气『雨水』，
刚插秧，水天很美，云很美，
水天倒映山峦、天空、云朵、房舍，
乡村风景相看两无厌。

早春的喜悦

下过一场雪，天晴了，草地上冒出一片白色小花。初看以为是铃兰，但是铃兰通常是四月以后才开，欧洲复活节的花。

查了一下，原来是雪莲花（snowdrops），花白如雪，一滴一滴，花苞圆满，不是铃铛形状。这是初春最早的花了，开在树林草地上，一大片一大片，真像雪花纷飞，纯净明亮，使人停留赞叹。

立春过后，节气就要到雨水，生命度过寒冬，可以感觉到早春醒来的喜悦了。

誓言保护最后的净土

二〇一五年新春，我趁在池上驻村之便，走访了鹿野布农族的鸾山部落。去之前要通过网站申请，申请通过，主办单位要每位到访的游客带小米酒、槟榔。

我问：“做什么？”对方说：“进入部落，要先祭拜祖灵。”

我们依规定到了现场，看到如同电影《阿凡达》一般巨大的数株白榕，枝柯交叠，覆荫广大，好像一下子进入了古老的神话世界。我心里赞叹着：部落的孩子是可以这样在树荫庇护下长大的，他们因此会比都市的儿童更懂得土地与自然的信仰吧！

然而，很快有人告诉我这几株古老白榕差点被砍光了。“为什么？”我惊讶极了。“都市财团看上这片土地，要砍树开发做灵骨塔。”

啊，我懂了，无所不在的恶质商业，食品污

染、空气污染、水源污染，都市土地被破坏殆尽，现在魔怪的手要伸进山林、海域，占取、掠夺最后住民部落的净土。

那一次拜访，我见到部落的英雄阿力曼，是他，以个人的力量呼吁部落团结，对抗财团，合力保护下了老榕树，也保护了传统部落领域。

一天的学习，使我知道住民传统领域必须被护卫，自然、土地必须被尊重，传统部落不能再任意被买卖、被糟蹋、被污染。传统部落的伦理，人与自然相处的方式不但是住民的传统，也将是这满目疮痍的岛屿最后的救赎吧。

那一天黄昏要下山前，最后一个仪式是和部落青少年一起为自然祈祷，一起种下一棵树。

我记得阿力曼，记得鸾山部落，记得那一片白榕树林。因此，我愿意和住民朋友一起争取立法：传统部落领域不得私自买卖，官商勾结要被揭发，恶质商业必须被禁止，岛屿不能毁了最后的净土。

岁月静好

SUI YUE JING HAO

JING ZHE

等待苏醒

节气就要交惊蛰了，
蛰伏在土里沉睡的生命都要惊醒，
从寒冷黑暗里探出头来，
翻个身，惊奇讶异，
笑看着大地上新新的春光。

在安静的春天，不喧闹、不张扬

窗外远眺大山，山头还都积雪，白皑皑一片。走到户外，空气也还寒凉，但节气过了惊蛰，春天的消息在大树梢头上一点一点要绽放了。

飘过几场雪，又下了几次雨，想起南唐的帝王在北方的岁月，“帘外雨潺潺，春意阑珊，罗衾不耐五更寒……”他说的，或许就是这个季节吧？这么迟缓的季节，这么百无聊赖，一个好漫长的冬天过去，所有蛰伏在睡眠中的生命都要缓缓苏醒了。

那是亡国的南唐君王春天的梦，“梦里不知身是客”，他情愿在贪欢的梦里，永远不要醒来。

然而真的是惊蛰了，海港溪流边游着一群一群不知何时孵化的小水鸭，草丛树根下从残雪里蹿出一片小白花。最明显的是大树枝梢，一点一点初生的嫩芽，仔细看像微微的烛焰，微微的光，再过一个节气，每一个细点都将是一簇欢欣喜悦

的新叶，新叶很安静，没有花季的喧哗。

我喜欢惊蛰前后北国的春天，寒凉里流着一丝丝春天慢慢到来的安静，不热闹缤纷，不张扬夸大，是安安静静的春天，真实的春天，可以使孤独者从梦里醒来的春天。醒来之后知道这身体只是来作客，迟早要走，因此爱恨也只是自己妄想。

我应该在节气推移间，学习聆听更多生命的对话

连续几天都在观看北方冬天的树。在南方的岛屿长大，很少有机会看到树叶全落光的寒林景象。有树叶的树，树叶浓密的树，树叶长得快的树，枝干多被遮蔽了，不容易观察一棵树的主干如何分出众多杈丫细枝的秩序。

树叶多，浓荫蓊郁婆娑。北国寒林，落叶后，树枝的线条却简单洁净，好像生命摆脱了多余琐碎，回到本质的单纯静定。

宋朝山水有“寒林”一格，像李成就以画寒林出名，可惜李成真迹传世不多，后人理解不深。

大自然的生命和节气对话，春天多雨水，阳光温暖，便多发枝叶。入秋入冬，北国气温骤降，干冷飘雪，一棵树要在严寒冷峻的狂风暴雪中生存，必须舍离所有的叶片，把养分储存到根和主干，才能度过寒冬，用数个月的隐忍等待下一个

春天的“复活”。

欧洲宗教有“复活节”。北方漫长的寒林枯枝景象，使春天来的时候显得特别喜悦。

连日来，晨跑的人都停下来，抬头看树梢高处一点一点刚刚发芽的闪耀的新绿。冬天要过去了，人们脸上也流露着微笑的光。

寒冷，使生命严峻、坚毅、冷静，这是在南国岛屿的温暖中长大的我，应该更谦卑学习的吧！

我应该在节气推移间，学习聆听更多生命的对话。

歲月靜好

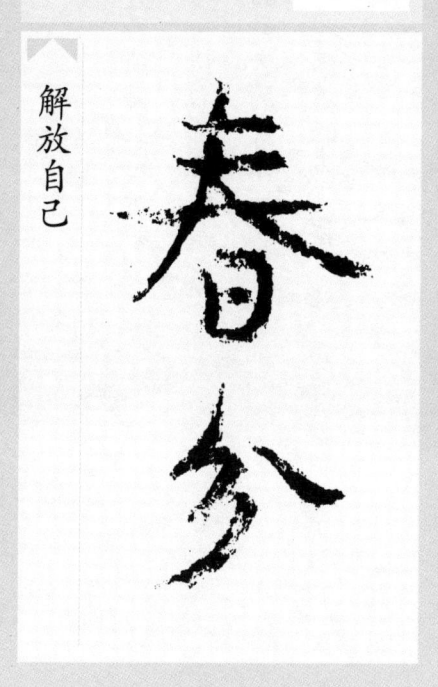

SUI YUE JING HAO

CHUN FEN

解放自己

春分

即将春分了，

河边的木棉刚刚透出了梢头上的新芽，

在熹微的晨光里，每一株木棉都像是

正在暖身练习律动的舞者的身体，

也像微酣时书写者下笔落墨的点、捺、撇、趯，

那么自由，那么欢欣。

自由和喜悦是春天的渴望

即将春分了，河边的木棉刚刚透出了梢头上的新芽，在熹微的晨光里，每一株木棉都像是正在暖身练习律动的舞者的身体，也像微酣时书写者下笔落墨的点、捺、撇、趯，那么自由，那么欢欣。

自由和喜悦，是我们身体的渴望，也是一棵树的渴望，也是一个春天的渴望吧。

太多拘谨、限制、规矩、作态，我们如何像春天的树，从知道或不知道的压抑中解放自己？

美，在春天的树梢上。

舞蹈、书法，一切创作，一切生命也应该是这样在春天飞扬于空中的自在线条吧 ……

如梦似幻的粉紫

凌晨零时二十一分交春分（二〇一八年三月二十一日），在池上画画，迫不及待要早起，走到田野里，嗅一嗅春天的气息。

细雨迷蒙，水田里的秧苗翠绿。远远一树苦楝，像一团紫雾，飘浮着浓郁的香。

东部纵谷的苦楝高大富裕，每到春分，总是满满一树繁盛富丽如梦似幻的粉紫，在春雨雾气中浮荡着迷人的香，浮荡着让人迷惑的光。

这就是春天了吗？这么使人难以确定的色彩与气味，仿佛前世的繁华已经褪淡，剩下若有若无的一点恍惚模糊记忆了。

嵗月静好
SUI YUE JING HAO
QING MING

清明

感恩与赞叹

四月五日清明，清晨五时十分为父母诵《金刚经》。
约五时四十五分出门，在明亮晨曦里去看正在茁长的稻秧，
映着天光的水田，闪亮的绿色稻禾，
每一片稻叶都仿佛努力张开，享受阳光的照拂温暖，
每一株都像孩童欢欣鼓舞的小手，召唤春天的喜悦。
阳光、水、土地，生命需要的滋养，都在眼前。

（二〇一八年）

安静等待自己花季的时刻

春分到清明，苦楝、杜鹃、白流苏、木棉、刺桐，都陆续盛放，姹紫嫣红，今年的春天是特别缤纷的。

河岸边只有一棵大凤凰木还是上一个冬天枯枝杈丫模样，有点孤凄。

这一株高大的凤凰木，花开时应该已经到夏天七八月了吧。最近几日它也感觉到春天来了，在弯垂又向上仰起的枝梢顶端冒出了一簇绿色新叶，迎向曙光，仿佛从长长的睡眠中开始慢慢苏醒了。

我们有时会忽略没有开花的树，花期还没有到，看到别的花灿烂夺目，可以不焦虑、不着急，安安静静、沉稳内敛，储蓄自己的生命能量。

要有多么充足饱满的自信，才能懂得沉默安静。安静等待自己花季的时刻吧。不招摇、不张扬，这棵凤凰木一定对自己七八月将要来临的花

看到别的花灿烂夺目，
可以不焦虑、不着急，
安安静静、沉稳内敛，
储蓄自己的生命能量。

季充满信心吧。

文人自古爱菊花，因为不争春夏，静静等待自己的秋天，“一样开花为底迟？”林黛玉的《问菊》，自赏孤芳，很孤独，却有自信，也有点自负。

我很爱凤凰花，它是岛屿夏日的盛艳之花，在蝉声嘶鸣的炎热里如血点般洒开，美丽而壮烈。

然而现在还不是它的季节。

春天百花烂漫，却似乎都不及凤凰花如火焰般的燃烧熠耀。每一种花都有属于自己的花季，到每一朵花前停留驻足，学习花季更迭的秩序，赞叹开花的华美喜悦，也学习不开花时孤独的静默。

夏天，我会回来，看这一棵大凤凰木的盛大灿烂。

河岸边几株高大的苦楝都盛开了，粉晕浅紫一片，在春天的风里细细摇曳，像粉妆玉琢的娇羞女子，带着浓郁的香。

古代咏楝花的诗颇多，楝花开后风光好，梅子黄时雨意浓，大多是写春雨季节，清明谷雨时的风景。被引用颇多的是晚唐温庭筠的一首："院里莺歌歇，墙头蝶舞孤。天香熏羽葆，宫紫晕流苏。晻暧迷青琐，氤氲向画图。只应春惜别，留与博山炉。"讲色彩、讲形状的细碎如流苏，讲气味的氤氲留驻。

我常记得的是宋代谢逸的句子："楝花飘砌，簌簌清香细。"走在苦楝树下，翠绿细叶间一丛丛紫晕在清风中簌簌飞扬，一阵一阵清香，地上堆满飘落的细细花蕊，谢逸的"飘""细""香"和"簌簌"都用得神似。

然而雨来了，雨横风狂，轻细的楝花不耐风

吹，很快就飘落。若是春光春雨春雾，就可以且行且驻，好好赏一回迷蒙如梦的楝花。

看楝花时最常想到的诗是白居易的“花非花，雾非雾……”，也不是“春梦”也非“朝云”，在存在与不存在之间，恍兮惚兮，便更近似自己走在漠漠春日里，不知是喜悦，不知是感伤的心事重重吧……

我所想念的巴黎

我想念巴黎了，想念那个城市古老的弯曲巷弄，想念大片老旧建筑的墙面上现代艺术家的绘画。真实又虚幻的城市，总是可以在二十一世纪的街头，迎面遇到上个世纪或上上个世纪熟悉的面孔，波德莱尔、兰波、俄罗斯来的苏丁，或是莎士比亚书店里浪荡的海明威，想念墓地里时时出来游走的皮雅芙或邓肯的魂魄，在精神病院度过大半生的卡蜜儿或尼金斯基。

要在长长的飞行里随恍惚的酒液睡去，清晨起来，从飞机的圆窗偷窥外面渐渐亮起来的晨光，朦胧的、灰郁苍白的晨光。巴黎，我回来了，繁华、沉沦，酒醉后的呕吐，欲望的耽溺陷落……

回到回不去的二十五岁，回到没有爱恨牵连纠缠的自己，跟一个懂得孤独的城市在一起，一起睡去。醒来还是孤寂的自己，一定是把青春遗忘在这城市的某个角落，遗忘在咖啡馆桌上，遗忘在桥墩阶梯，遗忘在一册诗集夹页中，遗忘在秋天的落叶下。或是被冬季雪花覆盖，春暖花开，魂魄回来，在大街小巷寻找一枚遗失的金币，被爱人握过，还带着体温，映着晨曦，在路边街角，如泪闪亮。

歲月静好

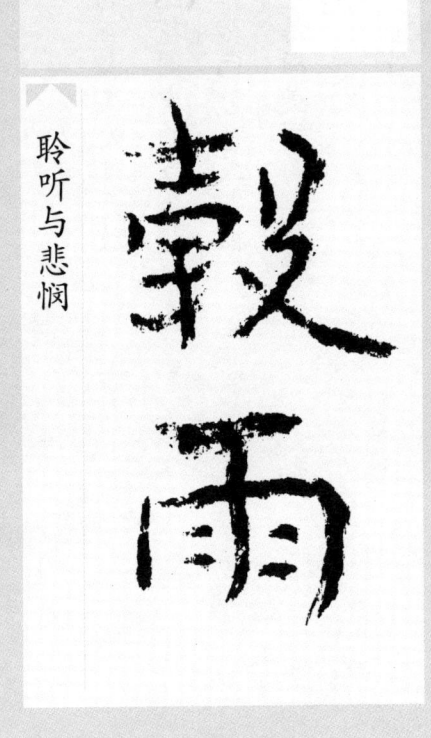

SUI YUE JING HAO

GU YU

穀雨

聆听与悲悯

一过谷雨，纵谷的百合又处处开放，
这是富里教堂庭院花圃中的百合，
教堂是英式建筑，蓝色哥特式尖拱，
优雅庄严，百合也洁净美丽。

即使卑微如一株小草，也都应该被祝福

谷雨刚过，接续着在雨中飘零洒落的苦楝，河岸边的白流苏一株一株盛放了。远看像整株树被白皑皑大雪覆盖了，走近仰望，一丛一丛，一朵一朵，又像渴望向天空自由升起飞去的洁净白云。春天像花的接力，每一种花用不同的形式完成自己。

岛屿的春天有许多大自然的讯息，如果不焦虑，如果不烦躁，如果放下了心中各种可能被煽动的恨，如果沿着一条河走下去，懂了大河浩荡的宽阔，如果相信自己亲爱的孩子不应该在相互伤害为乐的社会长大……那么，春天只是一个讯号——所有生命都该蒙受祝福。

在任何艰难处境，即使卑微如一株小草，也都应该被祝福，有阳光照拂，有雨露滋润，有土壤呵护，有万物并育不相害的尊严。

春天，生命万物欣欣向荣，我们或许可以静

下来，从一朵一朵盛放的花，慢慢读懂、慢慢领悟生命存在的真正意义。

花，比历史还更真实。

花的开放，如此沉默无语，
它不会担心人们看不懂。
它不会怕别人看不懂，就拼命解释自己。
有自信的生命懂得沉默的力量。
沉默的力量这么大，让人安静，
让人自在、饱满、喜悦。

每次到巴黎，
还是会绕到吉美东方博物馆，
看一看吴哥窟这一尊阇耶跋摩
（Jayavarman）七世的头像。
很安静，很内敛，很多悲悯与包
容。
我静坐一刻，
学习一块石头修行成自己的力量。

罗丹美术馆，一尊小小头像，
在角落的柜子里，并不起眼，
但是每次走到那里，都仿佛听到
呼吸的声音。
悲悯，爱恋，不舍，无可奈何，
这是罗丹留下的卡蜜儿塑像。
看一件作品，我们其实也就看懂
了一切，
爱恨纠缠，都懂了。

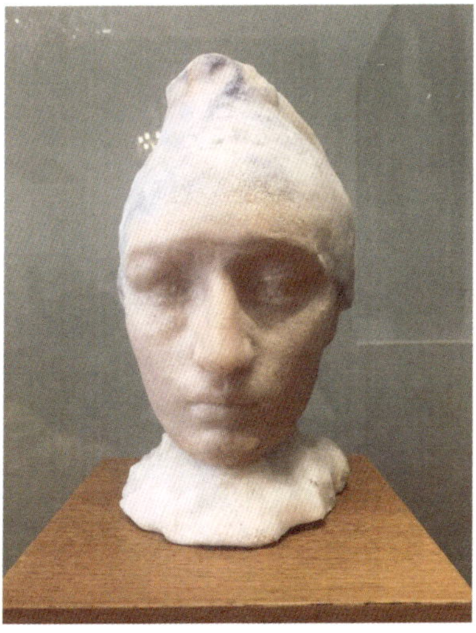

聆听石柱间的对话

这是巴黎我最常停留的空间，一个很安静的角落，许多石柱环绕，声音可以在有许多沟纹的古老石柱间对话。夏日入夜时分，沿着新桥河岸堤边的夕照余光走到这里，总会听到音乐。

二十世纪七十年代末，有一位吹长笛的老先生，总是吹巴赫，悠扬如诗句。他不看来去行人，我坐在柱廊另一端，不想打扰他。有时候他吹奏到很晚，没有人路过，他也不在意。我在远远的角落，看他停止吹奏，把长笛用黑色丝绒包起来，收在黑色的匣子里，把匣子夹在臂弯里，独自离去。孤独而优雅的演奏者，像繁华城市寂寞的心事。

他使我记得巴黎，比在歌剧院买票听过的音乐会更让我记得巴黎。

九十年代再回巴黎，没有再看到吹长笛的人，然而每次在空无一人的柱廊停留，石柱间仍然回荡着他的声音。他仿佛带走了二十世纪，孤独而优雅地带着黑色匣子里的乐器走了。

进入二十一世纪，将近十年，这个空间空着。夜晚走过，有些怅然，四顾茫然，石柱也和我一样思念着什么吧……

这两年回巴黎，柱廊间有了新的乐手，拉大提琴，也多是巴赫，我仍然在柱廊另一端坐着，聆听石柱间的对话。可以懂得不打扰人，也可以懂得不被人打扰，一个城市才开始有了可以传续的美与文明吧。

我常常想起的巴黎，不是歌剧院的音乐，不是卢浮宫的名作，不是热闹喧嚣的艺术，而是这个幽寂安静柱廊的角落。这个不打扰人，也不被他人打扰的角落。

枕边入睡前跟爱人读的一段文字，常常不一定是伟大的文学，却可以在睡梦中微笑。

岁月静好

SUI YUE JING HAO

LI XIA

活出丰盛

立夏

今天立夏，
清晨五点被鸟声唤醒，出外走到大坡池。
五点十分，曙光乍现，
山水一片渺茫朦胧，澄净空明，
可以静观天地，静观自己。
（二〇一六年五月五日）

月桃用娇艳向世界布告自己的成熟

山里开了一串一串的月桃花。

这是立夏时节的花，浓郁鲜艳，蜂蝶环绕，像土地催促着生命用最华丽的方式交配繁殖。

月桃一长串，像葡萄。上端的花绽放，像张开的口，露出内里艳红明黄的蕊心，渗出黏液。下端是花蕾，瓷白色，圆圆胖胖，像含苞的含笑花。

月桃白色花苞尖端有一点极鲜明的红，妩媚娇艳，充满诱惑性。月桃用这样的娇艳向世界布告自己的成熟，向世界布告繁殖的渴望。

在人类的世界，像月桃这样娇艳大胆的性的布告，或许会夹杂着各种暧昧不明的伪装吧！

然而植物的生命繁殖的渴望这样直接。

是不是因为这样的原因，许多原生的物种在人类文明中渐渐消失了。即使还存在，也萎靡琐碎，失去了原生的生命力度。

离开土地，离开自然繁殖的规则，人类文明繁琐的律法，看似周密详尽，却恰恰是作茧自缚，把生命的意志扼杀殆尽。

文明已到了萎弱疲乏不堪的地步，蜂蝶都死，人类要如何咬破这层层严密的茧，要如何奋力挣脱而出？

在大山里行走，南岛的少女常用月桃编成头上华丽的花冠。我也吃过卑南人妈妈用月桃叶包的红藜糯米粿早餐，都有野地粗犷气息。

都会的人口沫飞溅，夸夸谈论“道德”的时候，不知道夏日炎炎阳光里月桃已经盛放，这样明媚、窈窕、美丽，活出一次短暂而丰盛的生命飨宴。生命原生的活泼旺盛才是真正的道和德的原点吧！

衰老不只是生理现象，更是精神上故步自封

云在山脚下一路行走，不疾不徐。一样的云，一样初夏的清晨，一样峰峦起伏的中央山脉，一样青绿的稻田，一样的风 —— 想起李白的句子“浮云游子意”，因为没有急切目的，头脑里没有固定牢不可破的概念，可以一面行走，一面修正自己，那是我一直向往的“游子”真正的意义吧……

法国选出了三十九岁的总统，使我慨叹很久。我的学生们都已超过这个年龄了，岛屿为什么让我觉得这样衰老？政治的衰老，产业的衰老，文化的衰老，或者，更可怕的“心智的衰老”。

衰老会不会不只是生理现象，更是精神上故步自封，充满偏见排斥新的事物，过着日复一日重复原地踏步的日子？生活不再像生活，只是走向衰老死亡的预演。

在欧洲流浪过，青年们都背着行囊游走在大

地山野海域，像一片云，没有急切目的，没有固定答案，可以自由地一面走一面修正自己。

长时间在池上看云，仿佛是一个重要的功课。回到城市，听到急切聒噪的声音，常常一个人总是先有了固定答案，再为答案找理由，用来攻击与自己答案不同的人。我们需要的，或许是独立思考的能力，而不是非黑即白的急切答案吧？

感谢那一片云，在语言琐碎聒噪的时候，成为救赎，让我安静下来，知道什么是真正的"自由"，知道活着的生命应该如何不断修正自己。沉默，不疾不徐。

常常想起自己的二十五岁，在世界的某个角落流浪，没有目的，一册诗，一本笔记本，就那样走去天涯海角，今宵酒醒何处……

常常看水、看云，
知道不和他人竞争的快乐，
领悟慢下来
像云一样悠闲的自在。

水流心不竞

年轻的时候就喜欢杜甫《江亭》诗中的两句："水流心不竞，云在意俱迟。"常常看水、看云，知道不和他人竞争的快乐，领悟慢下来像云一样悠闲的自在。当然不容易，一生也许只是努力做好一两句诗的生命功课。

坦腹江亭暖，长吟野望时。
水流心不竞，云在意俱迟。
寂寂春将晚，欣欣物自私。
江东犹苦战，回首一颦眉。

在不同年龄，可能更希望直接做到"坦腹江亭暖"的惬意舒适，在江边解开衣服让阳光晒一晒久违了的肚皮。一首短短的诗可以陪伴一生，不同时刻有不同的感受。

再过五天就立夏了。清晨五点多，走在田陌

间，看渐渐醒来的春末夏初的绿，这样绿，慢慢苏醒的青绿。

“寂寂春将晚，欣欣物自私”，也许杜甫也领悟过生命复杂纠结的状态，焦虑、绝望、伤痛，都要过去，陷溺其中，理不清楚头绪，只好祝福各自生长、各自了结的生命。懂了生命各自完成的“自私”，看欣欣万物，也可以这样胸怀宽阔吗？

但是走在田埂上，我还是跳出“江东犹苦战”一句，心里一惊，知道这样晒肚皮多么奢侈，也多么不安，回首看世界，也还是不忍。

死亡如此相似

梵高一八九〇年七月二十九日逝世，埋葬在奥维的墓地。碑石上的文字好简单：这里安息着文森特·梵高。一八五三 — 一八九〇。

墓园在他经常散步看乌鸦飞起的麦田尽头。还时不时听到乌鸦呱呱嚎叫飞起。

生命被过度的激情炽烈地燃烧鞭挞着，梵高一八八八年以后的画作里几乎都看得到，油彩像火焰般纠缠，浓烈炙热。那像是狂喜又像剧痛的煎熬，日复一日，令人喘息，令人悸动，令人战栗。

也许他比任何人更清楚知道：自己的生命走到坎坷颠簸绝望的路上了。像背负着沉重承担不起的十字架，步履踉踉跄跄，走上荒苦的骷髅之地。

他给弟弟提奥写了很多信，一封又一封，像是在沉溺的水中抓住一片浮木，紧紧抓着，不肯放手。提奥多年来照顾这个“麻烦”的哥哥，精神上的支持，经济物质上的支持，无怨无悔，一直陪伴到最后。

梵高死后半年，来年的一月二十五日提奥也罹病死亡，年仅三十三岁。站在两兄弟并排的墓碑前面，一百多年来，素朴的碑石依旧，长青的藤蔓植物依旧。如此不同的两种生命方式，仿佛决定生生世世依靠在一起，没有任何需要说明或解释的原因。

这是一个大众墓园，两兄弟的墓和上百上千的墓一样，没有特别之处。每个人或许都觉得自己的死亡与众不同，其实到了墓地，一个接一个坟冢，无边无际，看来死亡如此相似。

如今，旁边有了新坟，是一名二十岁夭亡的诗人，碑石上镌刻了诗句。因为如此年轻吧，我走近看了一下碑石照片上青春俊美的容颜。

OSE
N GOGH
1890
ICI REPOSE
THÉODORE VAN GOGH
1857–1891

歲月靜好

SUI YUE JING HAO

XIAO MAN

小满

满足与自省

我喜欢『小满』两个字，
很喜悦、很自信，
却也很谦逊、很谨慎，
对自己的存在很满足，
却没有嚣张喧哗。

对自己的存在很满足

二〇一七年五月二十一日下午四点三十一分交小满，大部分农田里的稻秧也结穗了，刚刚结出一粒一粒小小的谷粒。还要两星期到芒种，还要再两星期到夏至，一个月后，小小的谷粒就要更成熟饱满了。

我喜欢“小满”两个字，很喜悦、很自信，却也很谦逊、很谨慎，对自己的存在很满足，却没有嚣张喧哗。

清晨走八里淡水河岸，这里新出来一条路叫“龙米路”。我大约都从龙米路二段头走到二段尾，来回就约略是一万步。

住久的居民知道这一带原来没有路名，过了关渡，淡水河沿着观音山脚转弯，因此命名“龙形”。汉字看起来气派，但当地老居民口中的发音是“蛇仔形”，很土俗，却也贴切山河蜿蜒。

过了“龙形”就是我定居的“米仓村”，这两个沿淡水河西岸的旧地名——“龙形”“米仓”，如今就连成了大家不太知道来源的“龙米路”。

最早搬来时还没有关渡大桥，下班回家从对岸许厝乘一段手摇渡船。家门口有一小码头，附近居民多姓张，地名也就叫张厝。

四十年与一条河结缘是多么大的福气，可以无事坐在河边听潮来潮去。小舟无人，随流漂荡，任意东西。

如焰色身都只是妄念

要跟一个城市的夏日告别了，夕阳迟迟不肯离去，拖着长长的金黄、赤赭、绛红、粉紫、橙橘，在靛青色的天空，使离去的人一步一回首。不舍、眷恋、浩叹、怅恨，哭或笑，都留不住什么。

午后九点四十分左右，落日余晖使卢浮宫前的玻璃金字塔像一个大万花筒，转出千万种华丽缤纷，分分秒秒，瞬间来，瞬间去，瞬间变灭。仿佛一整个季节的记忆，收存成一格一格的光，如此迷离，如此不可思议。

这些我视觉上贪恋的色爱，其实只是光的空相吧，我却执迷不悟。

要有多少次这样无以自拔的执迷不悟，才可能在大幻灭里领悟一点点，知道这如焰色身都只是妄念。妄念里，这样多放不下拿不起的纠结渴望，这么多的欲爱生死。

是的，我于阿耨多罗三藐三菩提，实无所得，静观法相，原来如此。

（二〇一八年五月三十一日）

天上落雨，不分善恶

法国夏季满山遍野的红花是 coquelicot，中文有一个蛮文青的名字叫“虞美人”。这种花在绿草地上飞扬，有橘有红，非常亮眼，是印象派画家最爱画的。莫奈、雷诺阿的户外写生常有这花。

虞美人知道的不多，许多人就直呼“罂粟”。事实上，虞美人也有一个名字叫“雏罂粟”，同属罂粟科，的确不容易分辨。

在 Salagon 修道院看到真正的罂粟，艳红硕大，强健充满生命力，才发现真正的罂粟与轻盈飘逸的虞美人很不同。

虞美人花小，花瓣薄而透明，枝茎细，所以风中摇曳。罂粟极壮大，红色浓艳，枝茎粗壮。罂粟的美丽有一种毒，让人想起《白雪公主》童话中做毒苹果的皇后。我觉得毒，是因为知道罂粟是熬制鸦片的吗？事实上，长久以来，鸦片是极重要的药物，对止痛等重症都有疗效。

我们对药用罂粟或毒品鸦片贴标签，也是概念化的一种偏见吧？毒品与药品也许只是一念之间，看用在何处何时。

皇后每天对着魔镜问："谁是世上最美的女人？"

她的问话不乏好强励志的正面意义，但是嗔、爱走极端，"好强"到嫉恨，不容他人存在，就会走向狠毒了。生命能好强而不"嫉妒""狠毒"吗？

天地有大美，《法华经》里说天上落雨，不分善恶。雨水浇洒稻麦，也滋长罂粟，是这样领悟吗？

歲月靜好

SUI YUE JING HAO

MANG ZHONG

芒種

慎重与珍惜

盛夏花开烂漫，芒种是花神退位的时候，
《红楼梦》大观园里的少女
在这一天聚在一起，在花树上缠五彩丝线，
系着彩绣马车，向花神告别。
我们在每一朵花前停留驻足，
仿佛重来与前世的自己相认。

相遇或告别都有慎重珍惜

小满过后十天，稻子结穗了，逐渐抽长，青绿叶脉间显现出黄色的穗。稻粒一日一日饱满，谷粒的重量使稻茎开始弯垂，好像不胜负荷，却又似乎十分谦逊，弯腰低垂向土地，向自己的根，仿佛有许多感谢的话要说。

再过五天就是芒种了，是和春天告别的节日。《红楼梦》里这一天大家聚在一起，把彩色丝线绣的马车系在树上，和花神告别。

在时间的劫难中，相遇或告别都有慎重珍惜，有感谢，有祝福，便是生命的修行吧。

可以记忆的
可以遗忘的
都不止这些
除了真诚的爱
可以写成诗句

其他也不想再说

遗忘了很久，忽然又想起好多年前自己写的诗句。

适度地关闭思维与知识，才能让感觉醒过来

池上中山路附近许多店家盆景植栽都培养得很好，经营早餐的“尤多拉”，培养各种不同形式的石莲花，素食的“保庇”，门前的植栽也很用心。小小一盆植栽，给路过的人很多快乐。

往往因为美，我们会停留。

近日池上书局门口有一盆夏堇开得极好，让我看了很久。以前习惯带一本笔记本四处流浪，也习惯用文字记录看到的人事物。最近多画画，觉得想摆脱文字思维的限制。

文字思维和视觉很不一样。文字思维有逻辑组织上的周密，视觉却像是更直接诉诸感观。感观不是分析，但是也自有它的准确，文字无法取代，思维也常常达不到。

这一盆夏堇，紫色让眼睛一亮，停下来看，紫色偏蓝，花瓣的内圈的紫蓝最深，和花蕊部分的黄对比，特别醒目。花瓣外围的紫很淡，像一

种陪衬。夏堇的叶子对生，有网状叶脉，叶子的绿较深，夹杂在叶丛中有浅淡的青绿，是一蕾一蕾的花苞。

如果沉迷在色彩变化的细节，忘了思维，仿佛在空白画布上调色，大脑中的记忆就不是文字的逻辑了。视觉的美，或许需要一种专注，离开思辨，离开文字逻辑，才能恢复视觉上的快乐吧。

老子说“视而不见”，是不是指出知识障碍了“看”的愉悦？

有时候需要关闭思维，关闭知识，才能让感觉醒过来。停止思辨分析，让自己沉浮在纯粹视觉、味觉、嗅觉、触觉的快乐里。

主流教育过度导向思辨分析，少了感觉的平衡，最终连思维也变得空洞琐碎，除了用来考试，在真实生活里感觉不到冷暖爱恨。

离开真实生活，知识可能只是假象，只是枯燥无趣的一堆诡辩吧。

一盆色彩丰富的夏堇，不是思维，不是语言文字，却给了我很多视觉的快乐。

坐下来，回忆视觉上的种种，池上书局特调的现烘焙现手磨的咖啡，一时香气浓郁，在空气中散开流动。我的视觉也无用了，闭起眼睛，鼻腔里许多嗅觉记忆一一开启，像雨水，像阳光，

像泥土，像树木慢慢在风中化成气息……

感觉像翅膀，带着心灵飞起来，远离喋喋不休的僵硬琐碎聒噪。真正静下来，会听到一朵云的声音，在仑天山的高处，跟浩瀚的孤寂对话。

嵗月静好

SUI YUE JING HAO

XIA ZHI

夏至

回归单纯

过了夏至，岛屿南方就开满凤凰花，
炽热野艳，像燃烧起来的炙热火焰。
生命若只是一季的挥霍，
是要如此活出没有遗憾的自己吗？

回归孩子的单纯

大龙峒保安宫有许多老的壁塑或壁画，有时是把“塑”或“画”两种元素混用。像靠西南角侧门边的这一件“老虎”，身体轮廓做了凹凸，是用浮雕或浮塑的技法，但是整件作品仍然以平面为主，包括老虎身体上的色彩纹样或背景中岩石和树枝的皴纹，都是绘画性的笔法。这位民间匠师，也可能没有看过真正的老虎，因此身体上的纹样似乎更像花豹。

这是童年时几乎每天都会看到的图像，匆匆六十几年过去，对这孩童时没有特别在意的“虎”却充满了兴趣。喜欢民间朴素稚拙的趣味，可爱天真如同儿童画，我们在技巧知识里雕凿炫耀，却往往比不上孩子的一派天真。也许真如老子哲学古老的智慧，他总是提醒：“为学日益，为道日损。”知识的追求不断增加（益），但是心灵修行却是要不断减少（损）。

把学来的烦琐知识慢慢放掉，回归孩子的单纯，也许要用一甲子的时间来领悟《易经》里“损”“益”两个卦象。“损”是减少，“益”是增加。减少与增加，本身没有好不好的问题，生命有时应该增加，有时可以减少，卦象在不同的时空或许有不同的解读吧！

很高兴一只老虎让我在六十年间不断学习，绕了一圈，从稚拙再回到稚拙，像王维说的“纷纷开且落”。

跟老虎相对莞尔一笑，我觉得要从烦琐出走了，走去空阔的天地，没有挂碍，没有拘束牵绊，天长地久……

把学来的烦琐知识慢慢放掉，
回归孩子的单纯，
领悟《易经》里的『损』『益』两个卦象。
『损』是减少，『益』是增加。
生命有时应该增加，有时可以减少……

“肉眼”如果狂妄嚣张，常常结果是“视而不见”

在海牙博物馆看伦勃朗著名的作品《杜尔博士的解剖课》，一具男性尸体是画面主要焦点，在刻意的照明下发亮。杜尔博士右手拿钳子，夹起尸体切开的左手臂里的血管和筋脉。

这是一六三二年外科医师工会委托伦勃朗绘制的工会开业群像。当时伦勃朗二十六岁，也因为这件作品而成名，开始接受各工会订单，创作工会群像巨作。画面包含尸体在内是九个人像，伦勃朗巧妙地运用金字塔构图和错综复杂的照明，形成画面戏剧性的层次。

我看着画面表情各异的眼神，思考科学理性年代荷兰对人的存在实验探索的精神。

一五八一年，荷兰独立运动联盟的雏形成立，脱离西班牙殖民统治。到伦勃朗画这张画时不过半世纪光景，荷兰美术的黄金时代拉开了一个新民族自信健康务实的建国核心价值。

建国以后，教堂不再悬挂圣像，宗教画没落；建国以后，不再歌颂君王贵族，政治画的歌功颂德结束。没有了教会与君王的资源，接下来，画家要靠什么存活？

中世纪以来，欧洲艺术创作来自教会委托，来自君王付款，达·芬奇如此，米开朗琪罗如此，维拉斯凯斯一生为哈布斯堡王朝菲利普皇室家族画像，格雷克的业主是托雷多教会。

失去教会与君王资源，荷兰的美术要如何找到新的业主？

新建国的荷兰以工会（guild）管理做社会的核心信仰。各个行业都有工会，医生工会、纺织工会、小区保全民兵工会…… 工会成立，每位成员缴纳费用，委托画家画团体像，悬挂在会所大厅，以昭公信。

十七世纪荷兰出现大量“团体群像”，因为每人出的费用一样，画家最简单的方式就是画一排人像，大小一样，让每位业主满意。是的，时代的创作是在与业主的拉扯间完成的。

有画家呆板画成千篇一律一字排开，也有画家像伦勃朗用光的流动处理前后，用表情眼神使画面成为统一却变化万千的舞台。

跟山对话，跟天空对话，
使我有安静下来的力量。
在很长的旅程中，
知道步步都是修行。

伦勃朗最著名的《夜巡》是射击手的群像。他使每个人都被看见，他使每个存在人物都有自己独特不可取代的价值。

如果在意大利、在西班牙，这一具“尸体”应该是“卸下圣体”，充满宗教情操。然而十七世纪的荷兰，“尸体”是人遗留的肉体，提供做解剖课的学习。那是十七世纪荷兰带给世界的新精神，理性、务实，探索真相；是作为主角的那一具尸体，摆脱了宗教性，回到人体的原点，提供了真理的研究。

虚浮的情绪是不能解决问题的，也与真正的建国运动无关。

一张画可以看很久，看到一个时代多少人踏踏实实地为探寻真理努力。杜尔博士的努力，伦勃朗的努力。在这张画前站了很久，发现群众中走进一只狗，我有点惊讶，再看，是一只导盲犬，它的主人拉着特殊设计的导盲架套。

盲人也安静站在画前，“凝视”杜尔博士的解剖课。

他在“看”什么？他“看见”了什么？

我退在一旁默默观看。

刚刚动过一只眼睛手术，虽然医生强调是小手术，戴着金属眼罩时，还是有莫名的恐惧，怕失去视觉，怕看不见了。

大概两个月间，都很难像往常一样长时间阅读，聚焦有困难，看久了眼睛会酸痛流泪。以往良好的视觉宠坏了我，我没有机会有视觉障碍的恐惧，没有机会思考盲人视障朋友“看”的渴望。

我们的美术馆思考过视障者也有“看”的需要吗？一位女士站在盲人旁边轻声为他导览，话说得极少，如此安静，她专心阅读着盲人脸上的表情。盲人脸上有光，像伦勃朗画里的光，对知识渴望的光，对一切未知渴望的光。

我曾经在广播中介绍画作，听众看不见画，我在播音室，对着空气说话。我闭起眼睛，试图让自己的声音变成画的色彩线条频率，变成伦勃朗的光，变成郭熙《早春图》里的云岚，试图让声音在空气里震动成一幅画的频率。

我提醒自己：我永远无法取代美，我只是引领人到美的面前，让美发声，让美的频率在每个人心灵震动。如果我的声音嚣张聒噪，我要努力提醒自己：静默可能才是美更好的注解。

我凝视画，凝视盲人，凝视导盲犬，连导盲犬都如此安静，伏卧地上，仿佛感觉到主人的眼睛里亮起来的幽微的光。

我多么渴望有盲人视障者“看”的渴望。我

多么希望“看见”盲人“看见”的美。打开眼睛，看见物象，闭起眼睛，才能看得见心事。

《金刚经》里“天眼”“慧眼”“法眼”都能见“肉眼”所不能见，“肉眼”如果狂妄嚣张，结果常常是“视而不见”。《金刚经》最后说“佛眼”，到了“佛眼”，也许是领悟了适时适当应该无所恐惧做关闭“肉眼”的功课吧？

今日，在《杜尔博士的解剖课》前，感谢伦勃朗，我无所恐惧，闭起眼睛，和盲人一起做“看”的功课。

（注：一五八一年尼德兰七省联邦共和国成立，一六四八年正式获得西班牙承认。）

嵗月静好

SUI YUE JING HAO

XIAO SHU

小暑

静默与微笑

小暑，清晨在下町散步，过天王寺，
刚刚升起的夏日曙光照亮一尊地藏，
他闭目微笑，仿佛是四面八方的救赎，
对他发过的沉重艰难的大愿没有遗憾，
我惟合十敬拜……

小暑，清晨在下町散步

日本民间信仰地藏菩萨，似乎更甚于华人世界的观音崇拜。

地藏手持禅杖，频频敲打地狱的门，发了宏愿："地狱不空，誓不成佛。"地狱总在，地狱中受苦者、受惩罚者、受折磨者多如恒河沙数。

地狱永远不会空。所以，地藏发了一个永远完成不了的愿吗？因为"地狱不空"，他也永世永劫不愿成佛吗？

日本墓葬灵场多有地藏像，有时是护守夭折的婴孩，更显温柔慈悲。

小暑，清晨在下町散步，过天王寺，刚刚升起的夏日曙光照亮一尊地藏，他闭目微笑，仿佛是四面八方的救赎，对他发过的沉重艰难的大愿没有遗憾，我惟合十敬拜……

森林是一部因果的书

每天清晨走进森林，做自己步行的功课。这片森林很大，是十九世纪有远见的城市设计者刻意保留下来的原始林。两百年过去，城市扩大了好几倍，人口密集，车水马龙，然而就在城市中心有这样一片浩大的森林。

森林和一般的公园不同，走进森林，除了几条主要路径，很少看到人为的设施。

连续十几个夏天都在森林走路，可以慢慢读懂“森林”的真正含义。都是树木，高大粗壮的红桧、扁柏、冷杉，高到数十米，要仰头到九十度才看得到树梢，许多巨木要七八个人才能围满树腰。

刚开始总走在主要路径上，慢慢熟悉了，会岔进幽秘小径。更熟悉了，就放胆踩进厚厚的落叶，踏进泥沼，顺着水声找到沼泽溪谷。

这是一本读不完的自然之书，说着上亿年上

千万年的故事，关于地质的形成，岛屿从海洋升起，关于岩石的风化和腐殖土壤，关于日照和雨量，关于风和气温。从七棵母树开始繁衍，生生灭灭，度过漫长的没有人类来过的岁月，安安静静，形成了这一片森林。

“七棵母树”，真有趣，我看了标志牌上告知那七棵母树生长的原点，像是探寻自己身体的最早基因。原来佛家讲的因果，并不是限于人世，自然洪荒到时间劫毁，都应该是因果吧……

森林是一部因果的书，看到最高大的巨木总是在夏日被雷火劈打燃烧，或被飓风吹倒。倒下的巨木慢慢在土中腐烂，有新的种子飘来，在这里找到生长的滋养，慢慢生了根，一株十几米长的大树就从横倒的身体上长出好几棵新树。

森林说着上亿年间的因和果，说着时间里的成住坏空，其实是与人无关的。

森林深处，地上有蛞蝓缓慢爬行，羊齿蕨蔓延，高树上啄木鸟筑巢，更高处有兀鹰盘旋，野兔没入草丛，松果自落……

美，或许不是一种知识

一朵牵牛花的蓓蕾，清晨的时候，被黎明曙光照着，像是欧洲新艺术时代非常典雅精致的饰品设计，让我停下来看了许久。

美，或许不是一种知识，不需要烦琐的论述，它这么简单，在你的眼前，用完整的生命让你知道：它多么渴望绽放。在一个明亮的早晨，在阳光里，用最完美的方式，线条、色彩，一瓣一瓣打开。即使只是一个短暂的早上，即使可能没有一个人会看见。

它比一切知识更有说服力，却静默不言不语，这样自足完美的存在。我希望它开在校园里，让孩子看到，孩子即刻就懂了，什么是美，什么是真理，什么是信仰。

看到美，双手合十，欢喜赞叹，知道是几世几劫难得遇到的缘分。

悲悯，最终或许只是淡淡的微笑，
低目垂眉，凝视眼前琐琐碎碎、
纷纷扰扰的无明、焦虑、恐慌、仇恨。
所有对生命的轻视、践踏、侮辱、残害，
风云流转，都回到自身，
回到下一世代身上，成为永世的冤业。
微笑，便如船过，水无痕迹。

悲伤成云，愉悦也成云

旅行途中，看古迹、读历史，有时候累了，可以一整天不做什么，漫无目的，只是随意看山，看水，看风吹草动，看天空云淡风轻。

历史常常被误会了，仿佛都是大事，战争、屠杀、饥荒，建国的伟大里夹着亡国的哭声，朝代兴亡，处处血迹，人仰马翻，鬼哭神嚎。

英雄逝去，历史或许有一刻也可以是英雄卸甲吗？

霸王走到乌江，无颜见江东父老，和名马告别，和美丽的姬妾告别，力拔山兮气盖世，脖子上那一划冰冷的刀刃血痕，即使掩卷，也还是风起云涌，热泪盈眶。

如果司马迁手下留情，或许可以笔锋一转，写乌江天空那一抹长长的云，像一声英雄最后长长的叹息。

我也喜欢他写的《渔父》，唱着沧浪之水清

兮，摇桨荡舟而去。他显然知道形容憔悴的三闾大夫已经执着到不可救药了吧？那时候汨罗江上是否也有这样一抹长长的哀戚无奈的白云，像极了渔父的心事？

今天异国高原天空的云，让我看了很久，像是看书看疲倦了，伸一伸懒腰。不知道是谁，也在广阔无垠的湛蓝里嘘了一口长长的白气，舒服极了，嘘气如云，聚散变灭，久久不肯散去……

悲伤成云，愉悦也成云，悲伤愉悦过了，行到水穷之处，就可以坐下来，看云升云起，不存什么心机。

总觉得庄子是爱看云的，看云的舒卷，看云的升沉聚散，像看自己生命在无何有之乡，其卧徐徐，其觉于于。在不睡不醒间，有蝴蝶入梦，他就随蝴蝶翩翩飞起，飞过长云蓝天。两千年来，我们都还在庄子蝴蝶的缤纷梦中未醒。

歲月靜好

SUI YUE JING HAO

DA SHU

大暑

静定谦逊

刚过大暑，纵谷正插秧，
水田如镜，映照天光云影，
盛夏云舒云卷，
长风轻拂秧苗，阳光炽烈，
寂静沉默如梦的夏日午后。

巾箱本

大暑，在旅途中，只想读宋人词，特别是晏殊和晏几道。

随身带了一本“巾箱本”的《小山词》。

“巾箱本”是古人特别为旅途设计的书籍版本，开本只有手掌大小，用手“巾”包起来，放在行李“箱”中，不占空间，也轻，方便随时阅读。(巾箱本高约十六厘米、宽约十厘米。)

据说“巾箱本”的书南齐就有，宋、元以后更为盛行。我买的是近代古籍书店仿制的版本，手工线装，纸质、套色、印刷都好，只是这几年绝版了。我数次询问，书店方面回答说：“没有销路，不印制了。”

许多人慨叹实体书越来越没有市场，我有逆势操作的想法。把实体书做得更精致，像“巾箱本”的概念，方便旅行中阅读，也可以做善本收藏，不知可行否？或许只是我个人迂腐的一

厢情愿吧。

翻阅《小山词》，读到“相寻梦里路，飞雨落花中”两句，即使大暑燠热也还是惬意开心起来。

放下傲慢

在葡萄牙一路都遇见盛开的曼陀罗花，酡红色的、金黄色的，有的一树满满都是花朵，由上而下，像洒下来的漫天花雨。

想起《阿弥陀经》描述的“彼佛国土”，有音乐，有“黄金铺地”，有“雨天曼陀罗华”。

不确定佛国的“曼陀罗华”是否即是我眼前所见？

想认真修习“离一切诸相”，但做不好。总是有诸多挂碍，喜怒、嗔爱、毫无意义的是非琐事缠绕牵挂，自以为是，却处处不是。拿起笔，写一万遍“离”字，也是惘然啊。

回头苦笑，修行的路，走到“雨天曼陀罗华”，还有多么漫长？

想到《金刚经》的开头，着衣持钵，只是说“穿衣”“拿碗”两件事。两件事我都难做好，谈什么修行？

如果有一条路，是可以“乞食”的路，走在队伍中，依序前进，知道“乞食”要放下多少自己不察觉的傲慢。“乞食”是做谦卑功课的起点吧……

有一天，知道自己其实一无所有，便可以回来安心“乞食”了吧，那时可以看到这样的“雨天曼陀罗华”吗？

哈哈，佛要笑我贪痴难除吧！

美是修行，需要静定谦逊

在北海道旭川新开的植物园看花。这个植物园以野地草花为主，一区一区，很好的色彩搭配，很像在翻阅十九世纪英国生物科学的植物图鉴。工笔勾勒细致，敷彩淡雅，没有太过艺术家的主观夸张，安静如宋人册页写生。非常适合装一简单木框，挂在书房或起居间角落，跟晕黄壁灯在一起，不起眼，却使人安心。

不知道曾几何时，美术馆变得喧闹躁动了，进去就想逃离，走去原野，走进林木深处，看大树下野地的小草花。

美是修行，需要静定谦逊，如果时时浮躁喧哗，就离美越来越远了吧……

植物园微雨，叶片花瓣上都是细细晶莹的雨珠。有一区种的都是耧斗花，有白色、蓝紫色、明黄色，也有红白相间不同品种。耧斗花（columbine）也叫梦幻草，正式学名是

Aquilegia，属毛茛科植物。这种花的花瓣后方有很长的飘带一样的花距（spur），看起来像浮游在海里优雅灵动的水母，这是中文梦幻草的来源吗？

我特别喜爱白色一种，尾后花距很长，带一点不容易觉察的极浅的淡紫，像在梦中滑翔飞行，没有重量，使人想起秦观的句子：“自在飞花轻似梦。”

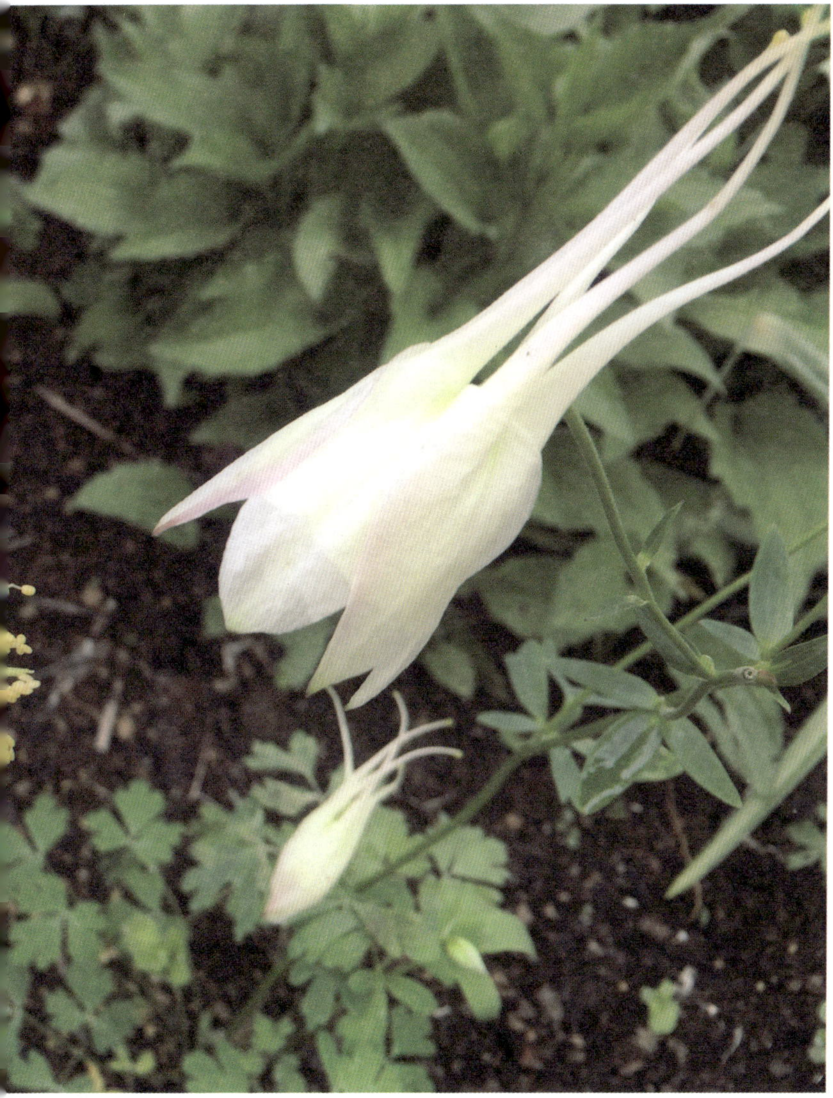

草原之后

在湖边湿地的草原上看到非常明艳的植物，羽状五裂的深绿色叶子，叶缘像锐利的锯齿，极具防卫性，好像要保护上面娇弱妩媚的花。

台湾没有看过这种植物，查了一下北美叫草原之后（queen of the prairie），在野地初夏到仲夏盛开，花期约三星期，很幸运，刚好蹦到了。远看会被一片浅赭浅粉的光晕吸引，走近看，大片浅赭绛红的是花蕾，一粒一粒，比绿豆小，一到花季绽放，像烟花一样，由花蕾中爆出朵朵小花。花很小，五瓣，浅粉红，有趣的是每朵小花都抽出长而纷纭的蕊丝，雌蕊细白如丝，雄蕊粉红，交错在一起，变成一片迷离恍惚的粉红色光晕。

在盛夏的荒原上，这样明媚地绽放，迎风招展，夺目迷人，因此赢得了草原之后的赞美吧。纷红骇绿，织就这盛夏应接不暇的岁月，像长长一匹闪烁发亮的丝缎，花团锦簇，流水汤汤，不知还有多少生命的盛宴要如银河繁星喧哗。

歳月静好

SUI YUE JING HAO

LI QIU

立秋

专心凝视

立秋以后，
纬度高的地区，气温变化很快，
早晚吹起秋风，暑热逐渐退去。
偶然在河岸空旷处看到抽长的蒲苇，
银白洁净，在旭日秋光里闪耀亮眼，
仿佛布告夏日喧闹结束，
另一个沉静内敛的季节已悄悄来了。

自然秩序也是生命的秩序

立秋以后，地上落叶渐渐多了。白日还是艳阳高照，气温也不低，可是入夜后，降温很快，清晨时的温度已在十五摄氏度左右，这是北国和南方岛屿的不同吧，的确是立秋了。

古人以梧桐落叶报秋，地上初有落叶，知道日夜温差大了，便有节气的立秋，仿佛也提醒自己的身体要从热恼郁躁转到寒凉的静定。

自然秩序也就是生命的秩序，理解自然节气，也就是理解自己身体冷热缓急收放的节奏吧。

枫、槭的叶子从青翠转黄褐，风中飘舞回旋陨落，湖边芦苇芒花蒹葭苍苍。青春容颜，都会走到皮肤皴皱，鬓边白发丛生。

今日抄经到第十八分，肉眼、天眼、慧眼、法眼、佛眼，各有所见闻。所见不同，也就有不同的标记结论，如同立春或夏至，如同秋分或小雪，清明或谷雨。

节气轮替，并非结论，只是时间的秩序，像众生一劫一劫流浪生死，来去如潮，所以佛说：“实无一众生得灭度——”

“实无一众生得灭度——”

说得如此大胆笃定，使我涕泪悲泣。

黎明之光

舍不得夏日破晓时窗外的熹微晨光，睡前常常不把暗黑遮幕拉严，故意留一段空白。所以清晨被鸟鸣啁啾吵醒，朦胧中会看到刚开始亮起来的天光。树的影子，风的影子，窗框的影子，和蕾丝细纱帘如筛子一样过滤后，如此温柔如爱抚的黎明之光。

而这一切是躺在床上刚刚张开眼睛看到的，在身体还没有全醒的时候，意识还留在前一晚的梦中，不太确定这视觉里的光是现实还是残余的梦境。一千多年前诗人写“春眠不觉晓”，大概也是舍不得春天破晓时分，鸟鸣啁啾中亮起来的天光吧！

他躺在床榻上，记起前一个夜里，风狂雨骤，不知道遍地会有多少落花。

专心凝视一朵花

有时候单纯想细看一朵花的颜色，从绿色的茎蒂生长出极明亮的艳黄花瓣。靠近蕊心的部分显然有一点浓重的橙黄，黄里偏橙橘色。张开的花瓣也随瓣膜的厚薄起伏的皱褶有不同层次的光波变化。

色相只是一个虚拟的概念，也许“黄”在视网膜上是无数光的变化吧。像是数字的公式，储存在云端，我用摄影留下一刹那的色相，以为留下了，真实的色与相都已经不再是我留住的色相，不再是我执着的色相了。

应无所住，微尘到三千大千世界，是多少色相在眼前生灭变化，我却总还是容易分心。

美，或许是漫长艰难的修行，我只能从专心凝视一朵花开始。

也许华人移民文化里，也会有阿莫多瓦

看阿莫多瓦新片《痛苦与荣耀》，忽然听到熟悉的地名加里西亚（Galicia），这是二〇一九年七月去的地方，西班牙最西边沿大西洋的自治区。荒旱多山，沿海的渔村常见教堂、墓园，十字架上停栖着呆呆看着大海一动也不动的沙鸥。

以前不知道加里西亚居民在十五世纪就一批一批渡大西洋惊涛骇浪移民中南美。漂流、梦想、流浪、致死的旅途的寂寞，异乡与思乡……

影片里导演青年时的爱人为了戒毒，就依从加里西亚的大伯去了阿根廷。几十年后从异乡回来，偶遇青年时激情爱人，说不出的痛与荒凉。

移民的流浪常常形成文化里难以解释的惆怅乡愁，没有归宿，回不去的乡愁。像华人沿海遍布东南亚的流浪路径，其实很神似加里西亚与中南美洲的文化特质。

也许华人移民文化里，也会有阿莫多瓦，在

欲望激情后，看着老去的爱人啼笑皆非吧。

我曾在加里西亚看一只海边沙鸥，它看着黄昏入夜前的大海，大海另一端好像有远去的亲属，但不会再见了。

天地间原无悲无喜，无憎无爱

往阳光海岸去的船，经过许多大大小小的岛屿。天空湛蓝，可以很清楚地看到山脉棱线，起起伏伏，高高低低，有尖锐突出的主峰，也有低缓下来的凹谷山壑。

船行海上，缓慢的速度像慢慢展开浏览一幅长卷。

远远近近的岛屿山峦，深深浅浅不同层次的墨色。视觉沉淀了缤纷的颜色炫耀，慢慢领悟墨的安静沉稳，领悟墨色里无限丰富的变化。

唐人说“墨分五彩”，从现代色谱来看，黑与白占视网膜两千种色彩里将近一半的最大比例。黑与白的渐层变化也就是墨。

东方美学的核心可能在“墨”之一字而已吧。

峰回路转，云烟变灭，虚实掩映，交错迷离，目不暇接的眼前风景也都是纸上漫漶渲染开的宋元墨色。

像是靠近，又像是远离，时间与空间，茫漠混沌，是初始，也是劫毁。无是无非，因生因死，所以啼笑皆非。啼笑只是自鸣得意吧，于天地间原无悲无喜，无憎无爱。

我知道在船上，不久就要到岸。

『完美』，
是因为该拿掉的部分都拿掉了吗？
也许，时间才是真正的雕刻家吧，
它用残酷荒谬的『毁坏』
成就了真正永恒的『完美』。

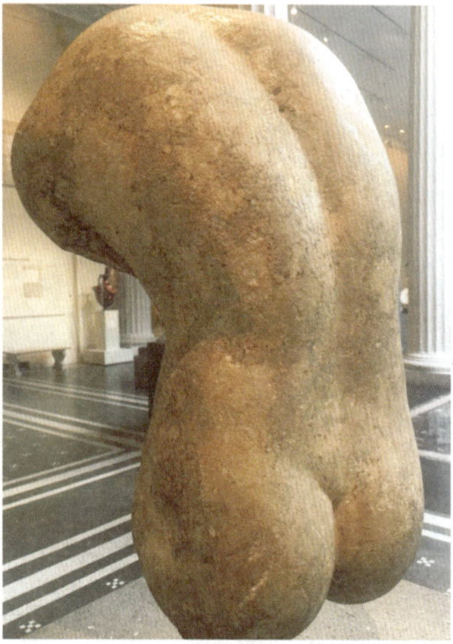

时间才是真正的雕刻家

在大都会美术馆看一件罗马仿古希腊雕刻，大约是公元一至二世纪左右的作品。原来是一尊蹲踞着的有翅膀的裸体少年 Eros（厄洛斯，希腊神话中的爱欲之神）吧。但是残毁了，可能在基督教成为罗马帝国国教后被当成异教信仰毁坏了，打断了头、手、脚，埋在土里，或弃置在海底，经过漫长岁月侵蚀风化，斑驳漫漶，只剩下一个浑朴粗略的人体轮廓。圆浑的肩膀，背脊的曲线，尾尻和髋骨，腰和臀部的肌肉……这么多细节，这么完美。

"完美"，是因为该拿掉的部分都拿掉了吗？也许，时间才是真正的雕刻家吧，它用残酷荒谬的"毁坏"成就了真正永恒的"完美"。

我们的肉身或许和这雕刻过的石块一样，在时间里，像佛经里说的"成、住、坏、空"——形成，存在，一点一点衰败毁损，消逝……有一天这肉身，在时间里修行，最终也能成就永恒的完美吗？

岁月静好

SUI YUE JING HAO

CHU SHU

记忆岁月

处暑

刚过处暑，即将白露，夏秋之交，
清晨五点，路过八里河岸，
天光乍现，河面波平如镜，
大屯山主峰倒映水中，曙色如金，流光岁月，
一叶小舟，使人想起东坡在黄州的词句：
『小舟从此逝，江海寄余生。』

（二〇一六年八月二十八日）

静听秋声

过了处暑，山里入夜就寒凉了。

欧阳修《秋声赋》细细描述了许多秋天的声音，是风的声音，落叶的声音吧……由远而近，飕飕倏倏，大片小片的落叶，在或强或弱或疾或徐或凄厉或温柔的风里升沉、旋转、坠落、飘零。

宋代欧阳修是如此静听秋声的。今日一夜山风，叶落知多少？清晨起来，走进森林，地上果真都是落叶。大片的梧桐、橡树、枫木的叶子，风一吹，哗哗啦啦四处翻风，惊天动地。

灌木丛小片叶，落在泥土上，沾了夜露，湿湿的，不太受风吹。重重叠叠，铺得很厚，很快和土壤黏在一起，零落成泥碾作尘，不久就了无踪迹了。

有一种叶子很特别，形状像构木，不敢确定是不是构木。这树的叶子在树上就被虫蚀，啃咬

啮噬，痕迹特别，避开较硬的茎脉，留下一张轮廓结构完整却已蚀蛀许多空洞的叶子。

童年时常把叶子泡水里，腐烂后就留下叶脉，像完整而美丽的死亡，夹在书页中，留作岁月的记忆。我带了一片回家，放在窗边。

读着马尔克斯《霍乱时期的爱情》第二章，讲虚幻又催人致死的爱。暮光渐暗，这片秋天枯叶华美富丽，仿佛可以说一千零一夜的神话。

歲月靜好

SUI YUE JING HAO

BAI LU

白露

让心笃定

河边的栾树开花了，
仿佛呼应着秋天的白露、霜降。
秋风飒飒，清晨走在河岸，看新初的栾树黄花，
鲜亮娇嫩，如雏鸭的绒毛，熠耀光明，
一丛一丛，升向湛蓝的天空。
这是岛屿初秋的颜色了，
这样洁净无尘垢，让我合十赞叹。

自有一种安静自信的品格

白露，吉野川山里飞起了一片白茫茫的芦花，有芦苇，也有蒲苇，像这个季节岛屿的菅芒和甜根子草。

蒲苇的茎干粗壮，花絮金黄，绒绒鬈鬈，在风里招展，使人想起两千多年前河流中的歌声：“蒹葭苍苍，白露为霜……”

吉野川畔天川村一间民宿，很素朴，朝食的玄关用土瓶插了一丛新摘的蒲苇，迎着朝阳，闪耀发亮。中间配了几株紫花，初看以为是桔梗，细看不像，问了朋友，说是水边湿地野生的水蓑衣。

水蓑衣在台湾原本很多，但随着湿地被破坏，据说几乎要绝迹了。

山间民宿不跟随都会奢华，有自己的个性，随季节自然装点水岸山头的野生蒲苇、水蓑衣，自有一种安静自信的品格。

审美，是自己感官的觉醒

山里芙蓉开了，映着清晨明亮的阳光，翠绿新红，鲜艳闪耀，使人愉悦。我的童年，山芙蓉是台北遍地野生的花，每年入秋，红红绿绿，走到哪里都一片烂漫。

山芙蓉含苞待放的绿很青嫩，和长老的绿叶逐渐透出黄斑不同。花苞初绽，从浅粉红到蕊心的艳赤，也是不同层次的红。

我们的视网膜可以分辨两千种色彩，只简化成“红”“绿”多么可惜。审美，是自己感官的觉醒，看得见、听得到，感觉味蕾上层次复杂的变化，鼻腔里一万多种嗅觉记忆，触觉里有痛、痒、冷、暖……

我记得的山芙蓉是童年后院废弃防空洞上覆土长出的两株，每年花开花落，在战争远去的年代，仿佛记忆着岁月莫不静好。

“观棋不语”的学习

在纽约中央广场有市集，有人卖旧书、二手物品，也有街头艺人表演。我到得早，人潮还不多，路边摆了几张小桌，上面放一盘棋，两把椅子。没有人坐下来，棋局没有开始，棋子都在原位，按兵不动。

记得小时候庙口榕树下也常常有人弈棋，多是象棋。将士相车马炮，弈棋的人多沉默不语，充满心机斗智；旁观的人也安静观看，即使看出下一步输赢，也微微笑着。我在一旁多话，大人就摇手阻止，指点给我看棋盘上写的“观棋不语真君子”。我慢慢观察，旁观者中许多高手，他们多不言语，看到一步好棋，唯点头默默赞美；看到一步棋走错，也只是眉头微锁，透露一点点担忧遗憾。

“观棋不语真君子”，慢慢知道，棋盘上这句话，像是提醒观棋的态度，其实也是提醒在人生路上静看风云、不兴风作浪的冷静包容吧!

常常记起童年时庙口弈棋者的气定神闲，他们在输赢之外，另有一种豁达智慧。

输赢到了扯破喉咙嘶叫，输赢到了撕破脸飙脏话，旁观者一起聒噪叫嚣，整个社会如此，其实已经是全体崩盘、无一幸免的输局了。输或赢，都赔了人性品质;输或赢，也都只是难堪吧。网络文化使许多人躲在没有自信的暗处，好像攻击侮辱他人，却使自己一步一步失去了“观棋不语”的风度与智慧。

在广场无事闲逛，等有人坐下来，握手、问好，开始动棋。很久没有看人弈棋了，很怀念童年时候“观棋不语”的学习。

『观棋不语真君子』，
慢慢知道，棋盘上这句话，
像是提醒观棋的态度，
其实也是提醒在人生路上
静看风云、不兴风作浪的冷静包容吧！

无，是通过一切的“有”？

在奥克兰 Nick 家住，他工作室有各种材料。木皮就很多种，一种浅米色的细纹木皮，像细麻或细棉的质感吧。

我试了试用墨书写，死去的动物的毫毛为笔，死去的树木遗骸为纸，水与墨仿佛通过时间，唤醒了曾经活跃的生命记忆。无，可能不是一无所有；无，是通过一切“有”，理解一切“有”，舍一切“有”，安然于“无”吗？

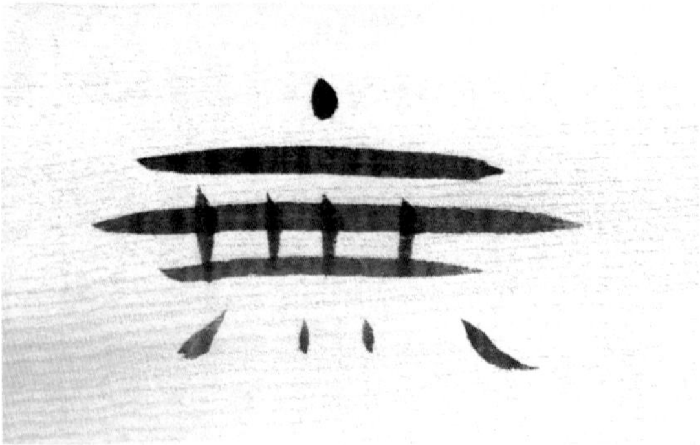

还至本处

远游途中，看山看水，看城市里诹诡幻怪、千变万化的人事纷哗。

但是，不管路途如何颠沛流离，不管目迷五色时，多么嗔爱无常、跌宕起伏，心里总是有一片风景——很安静的大河，水光里沉着隔岸大山的倒影，天空的云自由自在舒卷，无拘无束。

那是家门口的风景，是每一天窗前的风景。知道有这样一片风景在，或许平凡无奇，让走到天涯海角的心，可以回来——“还至本处”。

走出去时知道随时可以回来的风景，让心笃定。

今天早起了，身体里还留着流浪途中的时间记忆，走到河边，看旭日从层层的云隙间透出一线慢慢要亮起来的曙光。

我跟风景致意：早安！ 回来了！

石头的生命密码

有时候在漫长的旅行途中，风景都遗忘了。没有山的峥嵘奇伟形状，没有河海的澎湃汹涌波涛。

只记得一块石头，上面都是洪荒以来岁月的皴皱斑驳。那是没有人类纪年纪月之前的时间，所以，它记得的日月星辰，是人类没有的记忆。

没有是非，没有爱恨，没有存亡，没有毁誉，没有人类斤斤计较牵挂的得失荣辱的琐碎，不以“情”而内伤其身。

这块皴皱巨石让我想到庄子《德充符》里提到好几个残疾的身体。

兀者王骀、申徒嘉、叔山无趾，长相丑恶不堪的哀骀它，肢体残疾扭曲怪异没有嘴唇的“闉跂支离无脤”，脖子长了大肿瘤的“瓮盎大瘿”……

庄子讲“德”，讲充足饱满可以实践验证的

“德”，竟然举证的都是受刑残疾异变或不全的形体。

庄子的“德”是什么？

冬烘先生人云亦云的“道德”解说太多了，多到让一个民族早已老朽伪善，腐败不堪。

庄子为何用受刑残疾的身体讲“德”？ 庄子要老朽腐败的民族从心灵深处剧痛起来吗？

庄子也曾经长时间观看一块洪荒以来的石头吧！ 他也尝试细细阅读石头上像生命密码一样的皴皱纹理吗？

岁月静好

SUI YUE JING HAO

QIU FEN

秋分

清明与谦卑

节气已交秋分了，知道白日渐短，
许多地方的树叶开始变色脱落。
无端想起旅途中的几棵树，姿态崚嶒，
在山风里兀自挺拔飞张，拒绝世俗对话，
像要告示自己绝世的孤独与自负，
只剩下独白的回声。

想清明静听气数

即将秋分了，下了一场雨，雨过天晴，阳光曝晒，空气里流荡着各种植物的气味。

附近有大片尤加利树林，树高都有一二十米，二三人合抱的树围。尤加利散发的气味浓郁香甜，使人忍不住不断深呼吸，仿佛想把大自然最深藏的精华吸进身体里去。

我们的身体和所有生物一样，天生有认识自然的基因，能够凭本能分辨什么是好的，什么是不好的。

嗅觉记忆的储存多达万种以上，有时候闭上眼睛，可以享受每一种草的气味，享受每一种树不同的滋养，可以使身体沉静的，可以使身体亢奋的。自己有本心，就慢慢学会调和，懂得亲近，也懂得疏远。

东方传统常说的“气”或许并不神秘，是用自己的本心，用自己纯粹无污染的眼耳鼻舌身，去认识广阔丰富的世界，认识并敬重每一微尘在世界流转中不可取代的价值吧。

一般来说，动物对人身上的“气”也敏感，会辨别清浊。

自己读经静坐，也霎时间会直觉到人身上气味清浊。有时会嗅到绝望，却无力挽回，知道自己修行浅薄，只能敬慎。

工业都会化的社会结构，人远离了大自然，“气”的流动交换越来越少，少了大地泥土的气，少了草木花叶的气，少了雨露风霜的气，少了阳光云岚山海的气，生命越来越无法用直觉本心认识“气”的平衡、升沉、去来与兴衰。不知“气数”，洪流漩涡，灭顶或在眼前，妄想“济渡”，其实是不自量力吧。

天长路远，生命如何静定？如何滋养自己？如何饱满？如何不萎枯贫瘠，不误入歧途？

散步路旁，有一丛蒲苇盛放了，这是今年（二〇一九年）第一次见蒲苇开花，初初绽放，在阳光下闪耀如金，迎风招展，如此明亮洁净的光，衬着湛蓝苍穹，从秋分到寒露，不过一两个节气。

节气里徘徊，想放慢脚步，想清明静听气数，想记住应该记住的，想亲近应该亲近的。

苔的联想

记得李白《长干行》里很动人的句子:“门前迟行迹，一一生绿苔。”“苔”很微小，城市文明，生活的现实里，不容易看到“苔”了。

日本庭院还重视“苔”，京都西芳寺以养苔著名，常被称为“苔寺”。

微小的生命，也许是自然安静谦卑的呼唤，毫不张扬。墙脚石隙，树根草丛，四处滋蔓，翠绿青葱，让人眼睛一亮。

走田泽湖山里小径，到处可见“苔”。

但是平日笼统叫作“苔”的，蹲下来仔细看，会发现是许多不同形式的地被植物，有的像松针，有的像绒毡，有的密聚，有的疏朗，颜色深浅也都不同。这四五种不同的“苔”，若是植物学家，可以细细告诉我它们各自的名字种属，可以细细说很多生命存在的历史吧……

“门前迟行迹，一一生绿苔。”诗人看到人走

了以后，门前足迹脚印一一生长了青苔，不安静不能养苔，不洁净不能养苔，不孤独不能养苔，“苔”是漫长时间的等待，漫长的思念盼望，漫长的孤独寂寞。

“苔”也像不说的心事，默默生长着，别人都不知道，但自己纪念着。

这岛屿还有野生如姜花的生命，让人赞叹歌咏吗？

大约三十年前，跟一些朋友进太平山。当时太平山属甲种管制区，没有一般公众交通。我们一伙人从罗东拦了运木材的卡车入山。入山走兰阳溪的河床，下面卵石磊磊，车子走在卵石上，颠簸像驽马纵跳，觉得肠胃都在翻搅。

那一路记忆最深的是沿溪两岸郁郁葱葱的野姜花，气味浓郁芬芳，在带着湿度的风里，像青春黏腻的欲望，狂野、奔放、直率、肆无忌惮。

从那以后就爱上野姜花，看到花市有姜花，就整束买回家插在土瓮里。但是都市里买来的姜花常常很快就奄奄一息，疲软下垂，香气很闷，好像被囚禁的野兽，垂头丧气，不多久就萎黄难堪了。

我有点后悔，觉得爱姜花还是让它野生在山林草泽的自然里，既然是野马，就该在草原上驰

骋吧……

这几年常在东部，随处都是野生姜花，即使斩下来，大把大把插在缸里，只要水分够，室内通风好，也可以好几天都陆续绽放，昂扬挺立，朝气蓬勃。

过了秋分，知本山上遇到一丛丛野生姜花，在清晨的曙光中熠耀发亮，洁白纯净，无一丝瑕垢，我又想起青年时兰阳溪邂逅的难以忘怀的野姜花。

这岛屿还有野生如姜花的生命，让人赞叹歌咏吗？

岁月静好

SUI YUE JING HAO

HAN LU

寒露

上善若水

再过几天节气就要交寒露了，
海拔五六百米的山上已见初红的枫叶。
从青葱的绿中转红，
初红的枫叶有一种新嫩安静的光，
微微地透着腼腆的、羞赧的红晕，
像朝日初起的彤云。

寒露过了，即将霜降，
清晨在一朵花上看到凝结的露珠，
想忘掉什么，却还是忘得不够纯粹，
『白露未晞』，
希望是初日升起时的露珠，
在纯粹遗忘里慢慢逝去。

生命如水

寒露翌日清晨，在北秋田山里小径行走，有点寒凉，的确是深秋了，路旁竹叶上闪着点点泪

原来生命如此，上善若水，没有执着，应无所住，可以千变万化，随岁月流转，任凭别人给他什么样不同的名字，他自己知道，诸相非相，他就只是水。

光般的露水。

露水是容易晞逝的吧，阳光出来，不多久也就干了，看不见踪迹。民间成语“露水夫妻”也是说短暂就逝散的缘分吧。

竹叶上却留着昨夜的寒露，还没有被太阳照到，还不想逝去，留在竹叶上，仿佛提醒我岁月寒凉了，自己珍重保暖。

雨、露、霜、雪、霰，乃至云、雾，都是水，是水在不同温度里形貌的变化，有时候升腾，有时候下沉，有时舒卷，有时凝结，有时聚，有时散，有时飞扬，有时号啕。同样是水，在岁月的寒冷热暖里给我们这么多这么不同的记忆。

原来生命如此，上善若水，没有执着，应无所住，可以千变万化，随岁月流转，任凭别人给他什么样不同的名字，他自己知道，诸相非相，他就只是水。

不执着、不自大，因为前面还有更广阔的风景……

住宿在八幡平的汤濑温泉，紧靠米代川溪谷。

米代川横贯秋田县北，从米岳发源，由东向西，到能代出海，全长有一百三十六公里。

住宿的饭店沿米代川溪谷而建，三个长形温泉池，都依傍着溪涧。泡在温泉里，盈耳都是溪流急湍的哗哗水声，轰轰隆隆，像听梵唱。

这一段溪谷紧窄不宽，泉池边侧身就可以俯瞰溪涧两岸巨石崚嶒。溪谷整个是石床，因此水流清澈见底，岸边有十几米方圆的石岩，平坦如床。想象古时居民泡完热汤，在石床上躺卧休憩，无衣物牵绊，听风声飒飒、溪声潺潺，肉身或寒或暖，也如水流去，是一大惬意省悟吧。

第二日清晨早起，沿溪行，两岸多长松巨枫，粗枝巨干，无拘无束。枫叶初红，松里风声如水涛，一波一波，不徐不疾。

溪流婉转，有时清浅，有时急湍，有时汇入深壑，便是一汪明镜般的清潭，澄净空明，映照云天，不憎不爱，无思无虑。

静看了一遍这秋天的水，庄子说的“秋水时至”，两千年来只是叮咛与时同行，不执着、不自大，因为前面还有更广阔的风景，可以望洋兴叹。

再过一日就是寒露了，看过哀乐繁华，观想一段《秋水》，做今日该做的功课。

“濑”的风景

奥入濑川是秋田青森有名的景点，游客很多，听说枫叶红时，溪畔小径人群拥塞，寸步难行。我雨天走奥入濑，人不多，还领略到风景的幽静。

“濑”这个汉字在华人圈用得不多了。“濑”是浅滩急流，水多在石滩上流过，有时清浅平和，有时成急湍飞瀑。

日本许多地方都会有“濑”这个汉字。濑户、濑长、汤濑、奥入濑，连京都繁华闹市酒

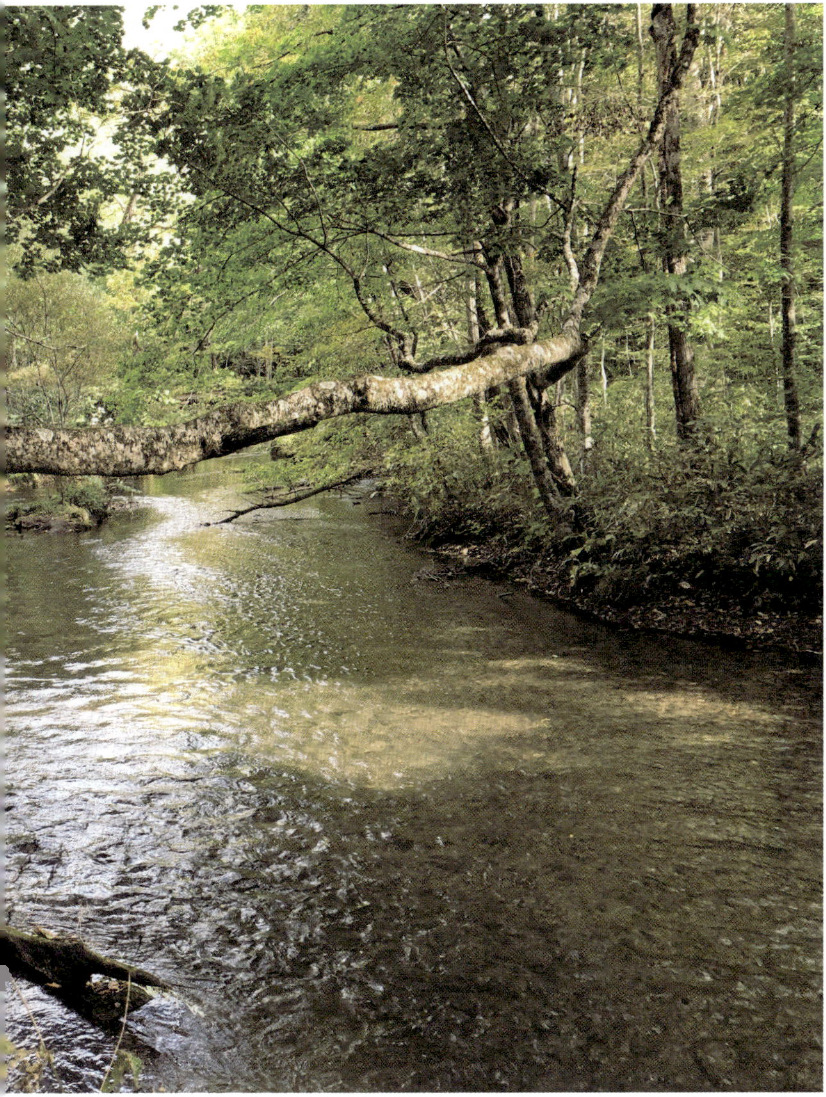

楼餐厅街边也有高濑川。

高濑川两侧著名餐饮聚集，运送酒水频繁，便开了一条运河，很浅，水清澈，平底船上载运大罐大坛酒水，篙夫撑竹篙穿行在小河桥梁间，如箭疾驰，也是一奇观。

台湾山间很多浅溪，是应该有被称作“濑”的风景。

高雄盐埕还有“濑南街”，有我喜爱的小食店，但是附近目前无溪无川，连条小沟都没有，街名上的“濑”引我遐想，仿佛还听见昔日一条脉脉流过的水道。

在奥入濑溪盘桓两三天，都是风雨，水势或缓或急，涨退奔竞，变化万千，雨洗后的大树特别苍翠蓊郁。

沿溪行，听到有台湾游客抱怨枫叶未红，白来了。

我撑伞漫步，听水流淙淙，烟岚散逝，每走一步都觉得好。

如何不侘寂

一条长长的山路，地上落满了野生的栗子。栗子树高大，未成熟的栗子是绿色的，和树叶混在一起，不容易发现。栗子成熟，转暗褐色，外壳带刺，很厚，爆裂开来，从树上坠落，厚壳里的果实也随爆裂滚落出来。

秋天原是果实成熟的季节，也是种子繁殖的季节。

在城市公园常看到人在树下捡拾栗子。但这条山径偏僻，没有人走，栗子落了满满一条路，好像就这样烂在土里糟蹋了。

我的想法当然狭窄，果实种子，原是为了繁殖吧，人类顺便食用，没有一定糟蹋不糟蹋的问题。烂在土里长成一棵新树，当然不是糟蹋。

即使读很多《庄子》，还是难摆脱从人的角度看大自然。一地的栗子，随便捡一捡，就可以烧一锅鸡汤，或者蒸一次香甜芳甘的五目釜饭，

我的心思当然有人的欲望挂碍。

我在东京下町爱上一家专做五目釜饭的小店，一小铁锅，饭上铺栗子和舞茸松菌。面对这一锅釜饭，热烟袅袅，正襟危坐，每次都觉得是面对一尊秋天的佛。

华人糖炒栗子，一吃一大包。在日本一家精致的店吃著名的秋之料理，栗子只烤一颗，用银杏叶衬着，放在有田烧浅碟上，战战兢兢送来，如履薄冰，口中念念有词，像在神社做慎重仪式。

台湾文青常常不容易领悟，日本的所谓“侘寂”也就是敢“少”。就一颗栗子，唉，如何不侘寂。

我还是遗憾这一条路满坑满谷无人捡拾的栗子，一想起来就觉得奢侈，虽然一点也不侘寂。

岁月静好

SUI YUE JING HAO

SHUANG JIANG

自在喜悦

霜降

即将霜降，池上的田等待秋收了。
清晨五点多绕大坡池一圈，
跟最后的荷花问好，跟苦楝树的苦苓子问好，
跟凤凰花的豆荚问好，跟茄苳树籽问好……
曾经在春夏姹紫嫣红，
此时深秋，果实累累，圆满富足，
秋天是收获的季节，秋天是安静感谢的季节。

霜降第八日

旭光初起，记得昨天晚潮汹涌澎湃，一直漫到堤岸边。此时潮退，留下大片裸露的河滩。河滩泥地上隐约还可以看到一波一波潮水退去时留下细致幽微的波痕。水退去了，水波的形状却记忆在泥滩岸上。

远远有鹭鸶觅食，有土中钻出的弹涂鱼和招潮蟹。有从树上落下的水笔仔，涨潮时随波漂流，潮退了，便在泥泞间落土生了根，长成一棵小小红树。两片幼嫩的新叶，迎着阳光，有新生的欢欣。

霜降第八日，岛屿秋风飒爽，旭日初升，看新生命如此茁长，也有时日岁月的祝福。

秋天仿佛是来说法

从护摩坛山到高野山，大约一千米海拔的山头，已经一片秋色了。使我想起台北故宫的《丹枫呦鹿》《秋林群鹿》的渲染。那是两张画秋色最好的作品。

以前会赶红叶极盛的时段赏枫，慢慢发现秋色并不是概念里的红，也不只是概念里的枫。秋色像是时间里一段慢慢堆积织成的锦缎。

霜降前后，许多大自然的植物随日夜温差升降变化了。银杏很早就由葱绿转黄，转成在秋日阳光里闪耀明亮的金色。接续而来，枫、槭、榨、乌桕、九芎……因为气温降低，停止生长叶绿素，许多树叶开始转变成黄、褐、赭、绛、红……

因此，如果随着入秋的程序看山，会看到一片青绿底色里，逐渐像细丝纺织一样，慢慢在翠绿间织入不同染付的橙黄、金赤、绛褐、银红、

粉紫、朱赭，比古代最讲究的染织的工法还要细腻。变化如此丰富，仿佛要考验我们视网膜上色彩的反应，使人目不暇接，缤纷缭乱，在秋日透明的日光中熠耀闪亮，成为每一个秋天看过却永远无法复述的记忆。

总是这样等着秋天，看秋色烂漫，视觉里一片迷离；秋天过了，色彩一一凋落飘零。其实，什么也记不住，每一个秋天都一样，记忆缤纷，却像是醒来后再也拼凑不成的一场梦。

秋天仿佛是来说法，说色相的存在，说色相的华美，也说色相的逝去，一无牵挂留恋。

不只是茶

朋友介绍了一间茶店，按着地址找，走到一条热闹喧哗车水马龙的大街，汽车喇叭声、人声像一锅沸沸的水。心里很疑惑：这样纷乱嘈杂，真的会容得下一间素朴简净的小茶店？

从大街转进一条弄堂，两边都是二三层高的旧式小楼，横着一条条尼龙绳，晾晒衣服被单，仍然是鸡飞狗跳。

一直走到大约百米的弄堂底，寂静的角落，一辆脚踏车坐垫上躺着一只懒懒的猫。走到最后一间小楼，木牌上三个小字：茶之路。

真的有一间茶店，沿墙一溜木橱，排列着几只茶盅。中央一条木几，上面一行紫砂壶，都不大，小的只有秋天的栗子大，捏了一个小小把手，是可以自斟自饮，挺可爱。

店里只有一个小姐，招呼我们坐。选了茶，说是潮汕的茶，茶农怕出名，就把这私爱的茶取

一个难听的名字叫“鸭屎”。

我们一面笑，也不在意是乡野奇谭还是真有其事，就拿雨过天青的盅子喝这叫“鸭屎”的茶。

入口平平，但喝完喉口尾韵极好，好像要躲在这样鄙俗不堪的名字下，才躲掉了有名的烦扰，可以静静在一个下午跟自己对话。

安静的茶人斟了四五道，好像忽然想起来，就顺便告诉我们：水是武夷山上扛下来的泉水。

是啊，喉头淡淡尾韵，不只是茶，也是山涧一泓带烟岚的清泉吧……

忽然想起比叡山延历寺的钟声，此时红叶秋光正好，而面前这一盅茶，自在闹市深处，可以这样不动声色。

姹紫嫣红的蒜香藤

池上大埔村红砖墙头蒜香藤盛开，在明亮的阳光下一片姹紫嫣红。

“紫”和“红”是色彩，我喜欢“姹”和“嫣”两个字。汉字迷人，明明是讲花，却勾出了少女的娇媚和又喜又嗔的活泼，满满都是耀眼青春的喜悦。

红砖墙有半世纪的历史了，有点歪倒倾斜，长长一溜盛放娇艳的蒜香藤，让老屋子也仿佛焕发出年轻的模样。邻居赖先生爱花，除了自家的花草树木扶疏，也顺便整理调养一整条街的花花草草，浇水、施肥、修剪……

因此，这个季节，一条街的墙头，都澎湃汹涌着姹紫嫣红的蒜香藤，有着和都市“豪宅”不同的骄傲开心。

和歌山的柿子

霜降以后，和歌山漫山遍野都是柿子，橙黄金赤，在秋日的明亮阳光下闪耀。上到五百米左右的龙神村，清晨如果早起，日出之前，沿日高川山壑溪涧走，树丛叶子暗影里藏着累累的柿子。每一颗都饱满圆熟，每一颗都安静喜悦，真正的成熟自信是可以这样无喧哗的啊。

走近看，柿皮上蒙着薄薄一层透明细霜，不容易觉察，想起张若虚《春江花月夜》里的句子：“空里流霜不觉飞。”霜似乎只是入冬前淡淡的寒气，一旦阳光从山头露出脸来，霜即刻便不见了。

京都郊外嵯峨野有落柿舍，是俳句文人向井去来昔日安静居所。庭前一方菜田，种萝卜、青蔬，门边挂蓑衣草笠，耕读生活。当年柿子自结自落，无车马喧，可以想见“落柿舍”三个字的平实自在。此处而今已成景点，观光客蜂拥而至，去来昔日的随兴惬意已杳然无存。

秋光如此，还是来僻静山村随意走走，看云升雾卷，看寻常人家的柿子，落也好，不落也好。

留住桂花香，做季节的香供

北国秋天明显降临了，还有几天才霜降，高大的老桂树上已密密丛生堆着金色的花簇，馥郁芬芳，香气弥漫。一阵风，走过的人都回头四处张望，寻找那视觉看不见却在空气中满满都是的香。

用手机拍了照，传了图片给南方的朋友，遗憾不能把这缠绵不去、若有若无、一丝一丝香甜的气味也一起传过去。贴心的朋友会说："闻到香气了！"也顺便说："像是'大叶黄'品种的金桂。"我细看觉得花浅金淡银色，也可能是银桂。

在园子里散步，一条路都是桂花。走在树下，风过时，花如雨落，落得一头一身都是。一粒一粒，拾起来收存在口袋里，想留住那香，也想正好可以煮一碗汤圆，把桂花洒在上面，像是季节的香供。

多年来，习惯早上起来第一件事就先
盘坐读一遍《金刚经》。
有人问我：『为什么是《金刚经》？』
我其实不十分清楚，
只是觉得读了心安吧，就读下去了。

五十年前的往事

在池上，有池上书局，虽然小，却是乡村里不能少的风景。

听说屏东老眷村里有人创建了“小阳·日栽书屋”，就趁南下的机会拜访了书屋主人蔡依芸。

老眷村叫清营巷，书屋是一号。

老眷村原有的红砖墙，红色大门多拆除了，只有“小阳·日栽书屋”念旧还保留。我走进书屋大门，满院子树荫光影，忽然记起五十年前往事。

一九七〇年，我在凤山陆军官校服役，高中好友孙世杰也在陆官，她姐姐嫁了飞官，住屏东空军眷村。我们每星期日就约了过高屏溪，去孙姐姐屏东的家。

孙姐姐的家就是这样的红砖墙，红色大门，一院子扶疏的光影树荫。

孙姐姐很美，手也巧，带着几个孩子包出细

小陽。日栽
書屋

致美味的虾仁馄饨。眷村邻居太太也多是飞官眷属，常来串门子，互赠吃食水果，闲话家常。

那个美好温暖的眷村记忆，因为姐夫突然大武山失事罹难而终结了。我只记得呼天抢地的号啕哭叫的声音，慢慢变成抽噎低泣……

那是青年时记得的第一个突发的死亡事件，当胸一击，不能闪躲。

我几乎没有再回屏东，不敢回首那扇红色大门。门外徘徊，红砖墙头树影依旧婆娑摇曳……

五十年前的往事，因为“小阳·日栽书屋”，我又勇敢走进那扇红色大门，泪眼模糊，站立树下，和恍惚迷离、沧桑远去的记忆问候平安。

歲月靜好

LI DONG

立冬

祝福生命

即将立冬，高野山晴朗，
清晨八时从龙神村溯古川，至出合桥，
二溪汇合，再转入小森谷，
溪涧清澈，纷红骇绿，秋色缤纷，忘路之远近。
午时回程，查看记录，
步行约一万八千九百余步，总长十三公里余。
沿途水声、石盘、花香、暖阳、
红叶，风和鸟鸣，都有一面之缘。

生命的祝福

已经立冬一段时日了，再过几日就是小雪，岛屿阳光却依旧很好。

在东部大山里看到一株番栀，艳红的一簇花升向艳蓝的天空。

觉得是生命的祝福啊！

生命的祝福或许并不难理解，但是我们常被琐碎事绊住，把琐碎当成生存的主题，陷在污浊、混乱、沮丧中，也不知不觉把污浊、混乱、沮丧当生命的正事来宣扬传播。不知不觉，生命的萎缩、枯槁、腐烂便由此开始。

美是救赎，看一簇升向艳蓝天空的艳红番栀，可以是污浊、混乱、沮丧中生命的救赎吗？

所有生灭，不为人们的眷恋停留……

在云门剧场的佛堂静坐，窗外远眺淡水河出海口，下过雨，东北季风吹起灰墨般的云团。夕阳时分，雨过天青的透明湛蓝里闪着一抹一抹的赭红、金黄、绛紫……瞬息万变。

每一次使我震惊赞叹的华丽缤纷，都只是一瞬而已，一眨眼，刹那之间就都消逝了。

佛经里说“一弹指顷”，说“刹那”，都是说不停留的瞬间。

“一弹指顷”有六十“刹那”，一“刹那”有九百生灭。

所有生灭，不为人们的眷恋停留，也不为人们的嗔怒停留；不为我们的痴爱停留，也不为我们的哭笑停留……

白净的山茶花

茶花开了。茶花品种很多，小时候常看到的茶花多是白色的，秋冬以后，茶树上结满了圆球状密密的花蕾，一一绽放，可以开到来年的春天。

我喜欢山里的白茶花，清晨带着清洁的露水，一尘不染。如果遭雨打，会整朵坠落，掉在地上，还是秩序井然，一片一片花瓣，维持原来的花形。经雨水浸湿，有一点透明，一层叠着一层，使我想起宋徽宗写在一把扇子上的诗句："堕泥花片湿相重。"茶花也有极艳的红，也有粉红色的，我总觉得还是洁白的最干净、最美。

在一座寺庙前看到这株山茶花，白色，花瓣外围近花萼处有一抹粉红，洁净而艳，衬着近夕阳时分的光，使我流连了很久。

把心事留给自己和岛屿的天地岁月

记忆里有一段宿命的风景，溪流婉转，山石峥嵘，巨岩块石磊磊，傲岸峻拔，溪壑深谷，水波缠绵妩媚，千亿年来，如泣如诉，如歌如笑。

不知道这宿命的风景要告诉我什么，或者，山环水绕，他们只是说着洪荒久远劫来自己的故事。

记得少年时走过，路刚开通，岩壁上都是斧凿痕迹，知道这条路美丽风景背后血迹斑斑，有多少人的青春生命陪葬。山水自顾自依然傲岸冷峻，不留恋，不回头。

大学时参加耕莘写作班，来此游玩，加拿大籍神父张志宏坠崖身亡，年轻学生激动痛哭。

上世纪八十年代常带学生来此写生，一整晚沿立雾溪谷行走。月圆，明亮的月光从山头洒落，光在中天，溪谷如流霜如飞雪，一片记忆不到的空灵莹白。

一次大地震，地动山摇，山崩地裂，长春祠整座建筑从山上滑落，坠进深谷，当面说法，一切如梦幻泡影，永恒只是自己执着。

每一次贪婪想拥有的色相，都是记忆不到的，摄影不能，绘画也不能，只想遗忘，遗忘在记忆之外，留给宿命。

一片风景从少年看起，看到白发苍苍，风景就只是不想喧哗的心事了。心事隐微沉默，留给自己，留给岛屿的天地岁月。

嵗月靜好

XIAOXUE

小雪

储存隐忍

节气将是小雪了，南方的岛屿平地没有雪，
然而入冬的沙洲上满满都是芒花，
在风中翻飞，也像雪花，苍苍茫茫，
是萧条孤寂却深远寂静的冬之风景了。

给自己再难一点的功课

节气小雪，从山形市上山，到藏王温泉，宿白银庄，当晚就飘了初雪。次日清晨，拉开窗帘，仍然漫天飞雪，地面屋顶都已是白皑皑的积雪。

在亚热带岛屿长大，对北国冬日的雪季很陌生。脚上穿的是一双轻便休闲布鞋，踏进十几厘米厚松脆的雪地，鞋面湿，鞋底滑，片刻就寸步难行。幸好旅邸有为住房客人准备高筒雪靴，就可以无碍出外踏雪。

寸步难行，或许不只是因为鞋子。不了解北方，对冬季的雪陌生，被南国长久的温暖宠坏了，走进雪国，很快意识到自己生存能力的薄弱。

故宫有许多表现北国冬季的“寒林图”，浓墨染水，大地留白，用不同的灰阶层次渲染出山林苍茫。其实很美，但没有实际经验，还是隔阂，很难深刻感受画里凝冻的力量。

穿着高筒雪靴，踩进深雪中，扑面风狂雪骤，

不时从高处松枝上哗啦啦坠落大片积雪，乌鸦呱呱惊叫飞去。走到鸭之谷湖，这里是鹬鸟保育区，但是天寒地冻，没有生命踪迹，湖面一片死亡一般的寂静。

是死亡的寂静吗？我想起黄公望的《九峰雪霁图》，也是用浓墨染了天空和水，大雪覆盖的山峦都留白，一点点灰阶皴染，再用极醒目的黑线点出雪地寒林。一点一线，天地凝冻荒寒，那一小点就是努力存活的生命，要在最艰难的季节储存隐忍，让生命度过危厄，期待在下一个春天发芽。

《九峰雪霁图》是黄公望八十岁以后的作品，如同《富春山居图》，是他八十二岁到八十六岁的长卷。长卷像生命，有青春熠耀，也有荒寒孤寂；有峻拔峰峦，也有低郁谷壑。但如果只贪恋青春，或许只是幼稚肤浅；春暖花开很好，但只贪图春天，夭折的生命，走不长久，也远远无法真正懂黄公望为自己取号“大痴”的深沉意义吧……

青春、温暖，当然是幸福；环境异变，或许就难生存；自怜自艾，怨叹，也都于事无补。湖边走一圈，看寒烟流荡，嘘气成云，创作如同生命，过了青春，应该给自己再难一点的功课，走进深雪，很想试画寒林寂静……

知道悲悯犹在，微笑犹在

北齐青州佛像一直给我很深的震动。

素朴洁净的一尊石雕，说不出来的眉宇之间隐约的悲悯，嘴角淡淡的微笑。什么也没有说，却使人从心里深处升起端正崇敬的欢喜与赞叹。

美到了极致，也许不是思维，不是逻辑，不是论辩，不是分析，像一朵花的绽放，仿佛与自己的前生或来世相遇。热泪盈眶，悲欣交集，只有合十敬慎，低头敛目，不可思，不可议。

每次去上海，都到震旦美术馆礼拜一尊青州佛像。多年来一直想去青州，想亲近这些佛像的原乡。这些佛像是某一次战乱或灭佛时，被寺庙僧人刻意窖藏保护的，上千年过去，从泥土中被发现，脸上微笑仍在。

二〇一九年十一月二十三日到二十四日，终于在青州见到了这些宿世记忆里的面容……

通过战乱、饥荒、天灾人祸，通过一次一次

的死亡与衰老，通过哭与笑，通过爱与憎恨，通过舍与不舍，最终修行升华出眉宇的悲悯与嘴角淡淡的微笑，在俗世生死之上，找到了永恒的静定。

北齐只有二十八年，却在青州出现了中土佛像最高峰的美学形式，究竟是什么力量促成这些佛像的出现？

二十八年间，北齐历史其实屠杀灾难战乱不断。读《北齐书》，政治斗争残酷到不忍卒读。

是生命的不忍，使这些面容低目垂眉吗？是生命的不忍，使这些面容嘴角扬起淡淡的微笑吗？

也许我们从来没有真正领悟，对生命最大的不忍，除了眉宇之间的悲悯，还要坚持嘴边永远不应该消失的微笑吧？

很淡很淡的微笑，淡到不容易觉察，但是，只有持续这样微笑着，才能对抗着屠杀、凌虐。在鬼哭人号的境域，在人仰马翻的灾难中，这淡淡的微笑像黑暗郁浊里一点点亮光，使人相信，暗郁会有尽头……

我站在这尊北齐青州佛像前，无端想起鲁迅悼念学生柔石殇逝的一篇文字，他用到的句子是："淡淡的血痕……"

二十四日正午看完佛像，去云门山广福寺用斋。山寺依山岩而建，北魏称“岩势道场”，颓圮多年，由本悟大师重新规划建寺，伽蓝庄严朴质。感谢雪初师父引领礼佛，依阶从山门上至大雄宝殿，寺宇僧众，相貌皆如古佛像中走出，知道悲悯犹在，微笑犹在。

岁月静好

大雪

觉察与接纳

节气已交大雪，岛屿东北季风呼呼吹起，
车窗外常常会看到
河滩沙洲上一片白花花的芒花，
飞絮也像雪花，在风中飞舞散去。

希望可以像草，更懂得谦卑

节气已交大雪，岛屿东北季风呼呼吹起，车窗外常常会看到河滩沙洲上一片白花花的芒花，飞絮也像雪花，在风中飞舞散去。

希望可以像草，更懂得谦卑，可以一点一点修正自己内在不容易觉察的对生命的偏见与歧视；谦卑却足够自信，因此尊重自己也尊重他人，绝不用他人侮辱我的话侮辱他人，绝不以他人霸凌我的方式霸凌他人……

文明从静观而来

在宫古岛一个小海湾看潮来潮去，有时巨浪滔天，汹涌澎湃，打在嶙峋礁石上，水花四散飞溅，久久才会散去。

怒涛静歇，会有一段平息，仿佛大海等待酝酿着另一次的潮浪，蕴蓄更大的力量，再一次拼搏冲击。

古老文明的智慧常常从静观自然而来，如佛说海潮音，是开示弟子聆听，也开示弟子观想。

曾经遇过一位老师，带学生听山中泉水之声，她教印度艺术，曾在泰戈尔大学学习。当时有学生不解，有学生讪笑，也有学生果然时常一人走到山中听泉水琤淙。

日后我去京都南禅寺，茶室禅堂，空无一物，户外山壁一道流泉，室中一匾，就是四个字："泉声说法"。

文明蕴蓄深厚，就看到青年从不解、讪笑，

慢慢转而去谦逊体验，身体力行。文明浮薄肤浅，自然只有在讪笑辱骂中洋洋自以为是，哪怕身旁有泉声海涛，都一样充耳不闻。

岛屿是可以仰望山之高的，岛屿也处处有机会领略海潮来去的深沉意义吧……如果文明肤浅浮薄，也就是生命福薄吧，洋洋自得，不知不觉就已走在颓败的路上，离衰亡不远了。

然而，我相信岛屿仍然有青年在海岸某处，独自静听海潮来去。

生命原本是多么华美贵重，值得珍惜留恋

京都植物园有一株高大的枫香，枝干纠结粗老，盘曲蜿蜒如龙蛇。多年前秋天经过，一树的纷黄骇赭。秋天的美，并不纯然是红叶，而是一种变化的细腻纷纭，从青翠的绿，转变出层次丰富的红赤金绛，色相斑斓璀璨，在阳光下闪耀生辉。

那株枫香，多年前偶然相遇，很难忘记，记得牌子上注明是“台湾枫香”，便更觉得亲切，仿佛他乡遇到了故知。

台湾枫香很多，中山北路的行道树多是枫香，阳明山上也不乏巨大有年月的老枫香，但不知是不是气温不同，很少看到这样秋日里一树的缤纷。色彩的丰富灿烂是要气温的冷才显现出来的吗？

朋友近日去了京都，拍摄了这株枫香寄给我。岁月徘徊踟蹰，像跟季节对话，有许多说不

完道不尽的心事。

琐碎烦扰都会随风逝去，若还记得秋晴的日光下，那一树枫香的光华明亮，也许就应该记起来，生命原本是多么华美贵重，值得珍惜留恋。

嵗月静好

冬至

根本的力量

收割以后翻土的田地，土块扎扎实实的力量。
晨曦初起，远山慢慢亮起来了，
这是冬至前的池上，很安静，很沉着。
池上冬天游客最少，大概是觉得没有风景可看吧！
我却爱看冬天收割后田里剩下的稻梗，
知道什么是『根本』的力量。

学会观看生命最根本的悲悯

快要冬至了，气温乍降。在市集摊吃面，旁边坐着一位精神障碍的青年，很壮硕，吃面时无异常人，但他会忽然停下来，比手画脚，挥动筷

子，念念有词。

四周的人被惊动，有点慌张失措，不知如何反应。不多久，青年又低头吃面，仿佛没事发生。也许真的无事，他重复几次后，大家也就习以为常，不被惊扰了。

想起陈映真第一篇小说就叫《面摊》，那时他不到二十岁吧！面摊上可以做许多人生的功课，如果不是急于议论他人，给别人贴结论式的标签，文学可以更谦卑，学会观看生命最根本的悲悯吧！文学不会是颂扬，也不会是辱骂，而是学会静静观看吗？

从市集出来，还在念念不忘精障者和大众的表情，路边一丛海棠怡红快绿，想起宝玉住的地方就因此叫“怡红院”，忽然无端快乐起来。

当你回首，还会记得什么？

收割后的田地里有割稻机留下的辙痕，因为连日下雨，辙痕凹处积水，倒映出黎明的曙光。

我们有时开心，不久又哀伤起来。日正当中，坐在窗边，看着外面花花的阳光，人来人往。好像天长地久，又似乎知道时间已然不多。匆匆的缘分，一日一日这样度过，无奈、叹息、哭泣、流泪，都于事无补。

岁月匆匆，有一天回头的时候，还会记得什么吗？争吵、斗嘴、微笑、调侃，或是拥抱时温暖的体温。

肉身有一天灰飞烟灭，在空气中化为一缕轻烟，在鸟雀不到的地方，犹记得爱或恨吗？

今日午后，我跟死亡并肩坐着。我静静看他，没有惊恐，没有哭，也没有笑，只是不言不语。

我把马尔克斯的小说放在膝上，小说的名字

是《异乡客》。等待传说里应该是一个平安夜晚的降临。

大家都平安——

（二〇一六年十二月二十四日）

嵗月静好

SUI YUE JING HAO

XIAO HAN

小寒

温和与包容

节气到了小寒，岁末隆冬，
气温时暖时寒，时风时雨时晴，
冷热难以预料，
也就是一波一波流感蔓延的时候。
从病榻上起来，走到外面看花，寒凝大地，
茶树上已结了满满的花蕾，等待一一绽放。

从槁木死灰认识生命的另一种状态

节气到了小寒，岁末隆冬，气温时暖时寒，时风时雨时晴，冷热难以预料，也就是一波一波流感蔓延的时候。

感染到病毒，卧病十天，便把工作都放下了，躺在床上度过身体的烧热、乏力，度过流鼻涕、痰涌的各种症状，认识自己身体在健康正常时认识不到的许多感觉。

是的，“度一切苦厄”，是“度过”，并不是“免除”。

“苦厄”本来是身体不可能免除的一部分吧。认识“苦厄”也就有了生命努力修行自己的开始吧……

躺在床上读《齐物论》，南郭子綦隐几而坐，仰天而嘘，他的形貌如“槁木”如“死灰”。我们平日说的“槁木”“死灰”是没有生机、奄奄一息的样子吧。庄子却带我们从“槁木”“死灰”中认识生命另外一种状态。从只听得懂人的声音，进一步可以听到大地的声音，是风在大山大河间的呼吸，使宇宙的每一处空穴都发出了声音，庄子说的“地籁”，是我卧病时听到的自己身体各个部位的脉动呼吸吗？

多么盼望更接近南郭子綦的“槁木”“死灰”，在生命热情燃烧殆尽之后，那一段枯木，那一片死灰，可以仰天而嘘，听到宇宙众窍风起云涌的壮大的声音。

从病榻上起来，走到外面看花，寒凝大地，茶树上已结了满满的花蕾，等待一一绽放。

圆润是在岁月里磨去了棱角吗?

太麻里海边的浪可以听很久，太麻里天空的云可以看很久，沙滩上每一粒小石子、每一粒沙，都可能是上千万年海水不断的琢磨，圆润如玉。

圆润是在岁月里磨去了粗、硬、尖锐的棱角吗？“君子比德于玉”也是渴望自己从粗、硬、尖锐修行成圆润柔和吗？

涛声不断，修行或许并无终结，也无答案。

从人的琐碎言语出走，可以听得见天籁与地籁

几层芭蕉的叶子，有深有浅，有浓有淡，重重叠叠，形成非常丰富的光影。

苏州的园林，明清文人，常常在白粉墙前植一株芭蕉，或一枝竹子，光影摇动，就在白墙上形成墨晕的变化。“素壁为纸，以竹为画”，书或画，都可以在生活四周随处发现，刻意而求，有时反倒越走越远。

自然中自有学不完的秩序，《庄子·齐物论》，带着人去听大风的声音，天地、山谷、水域，无所不在，都有生命的“众窍”，如耳、如鼻、如口喉、如肺腑，渴望呼吸，渴望大风吹起，可以有百围大树的震动。从人的琐碎言语出走，可以听得见地籁，可以从自身魂魄深处呼应到万物一起和声的天籁。

在喧闹、吵嚷、
充斥咒骂攻击的声音的时候，
也许可以静静凝视一朵花慢慢绽放的力量。
慈悲的力量，温和的力量，
包容的力量，美的力量。

东部海滨的礁石一长条横亘在波涛中，
大浪汹涌击来，水花迸溅，
真的是乱石崩云、惊涛裂岸，
大浪过后，会有片刻宁静，
水流浮沫，回旋摇荡，
看海，也仿佛是看人生。

在冬日的阳光里看一棵芥菜，菜叶菜心舒卷，有美丽的韵律曲线。

小时院子里就种芥菜，母亲叫它“盖菜”。采收后除了清炒，也一片一片晒在短墙上，叫作“刈（音挂）菜”。晒干保存，一整个冬季都吃，也有了“长年菜”的美称，过年前后都吃“长年菜”。这菜生长在平常人家，却有了深沉祝福的意义。

母亲也用芥菜切段，热油快炒七八分，焖在干净玻璃瓶中做“呛菜”。“呛菜”母亲的发音是“冲菜”，一打开瓶盖就有辛辣味冲出，嚼在口中，像芥末呛味，直冲鼻腔脑门，很过瘾。

在池上住，家家户户菜园都有芥菜，绿油油一片。邻居大妈晾晒，也常用我画室外的墙，她们说：“这段墙干净，借用了！”

今日就用芥菜给自己也给大家简单平实的生活祝福。

长年菜，长长久久——

DA HAN

歳月静好

大寒

倍万自爱

最后一个节气是大寒，
夜晚气温接近零度，清晨整个城市大雾弥漫，
使得树林里流荡的光层次丰富，
远近迷离，像一张显影细致的黑白照片。
我在雾中行走，一切若有若无，
如前世记忆，若梦若醒，若断若续。

意义就在“等待”中吗？

北国的岁末寒冬很安静，万物都像在沉睡。灰色阴翳的天空，灰色迷蒙的海，灰色仿佛失了缤纷色彩的城市。光秃秃的树，枝桠飞张，只剩下枯瘦骨骸的肢体，和覆盖绿叶华服的姿态如此不同。

我们或许不习惯赤裸裸的肢骸，没有一点掩饰，令人触目惊心。然而那确实是生命真实的本质吧……

如同我看到的《大象席地而坐》，剥落了外在的虚饰繁华，这么像一棵冬天孤寂的树？

许多人说是“绝望”。

是“绝望”吗？

看完很想去满洲里，很想在长途的颠簸摇晃的车子里睡去，在中途不知地名的地方停下来，拿出口袋里的毽子……

或许荒地上真的有大象的悲鸣，让漫长的旅

程忽然有了希望?

不知道胡波是否去了满洲里，也听到荒地上大象悲鸣?

一部电影无端让我想起青年时读的艾略特的《荒原》，想起贝克特的《等待戈多》。两个一直等待着“戈多”的男人，不可知的等待，没有目的的等待，不知道等待谁，不知道等到什么时候，不知道为什么要等……

这样无止境的等待，上个世纪二战后，欧洲精英给生命下的定义：就这样吧，这样无止境地等下去。

意义就在“等待”中吗？像加缪重新诠释“西西弗斯”，推巨石上山，推上，坠落，推上，坠落，推上……

二十一世纪，东方的青年会决绝地告别“等待”吗?

他拒绝等待，在灿亮的笑容里说他的神话：满洲里有一头大象，席地而坐……我真的相信，他此刻就在那灰色的后面，促狭地笑着。

随苏东坡走一段

过了大寒了，上一年的最后一个节气，接下来就是等待立春了。池上的田也都翻土细耕，等待放水养田，等待插秧了。

清晨大雾，在大坡池绕了一圈，且行且走，看云升雾卷，听曙光乍现时鸟声啁啾。这池畔的水光云影也有一时的缘分，仿佛走了一段苏堤，却比走苏堤还要轻松自在，没有挂碍。

东坡只是做了一段堤防，原是为疏浚水患，无意成为名胜，踏实生活。来过，指点江山；走了，就留下了风景。

历史里有人做伟大的事，有人就过平凡安静的日子。

今天（二〇一八年一月八日）是东坡生日，愿随他走一段天涯海角，用他的句子祝福他——倍万自爱。

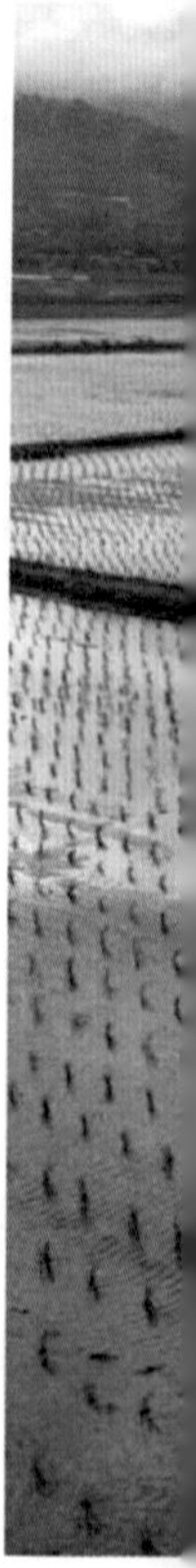

等待立春

淡水河口沿岸有大片的红树林，在我散步的一个小时许的步行范围。这些红树林的生长、繁殖、蔓延成为一个散步者不同季节的美好记忆。

夏天的时候红树林开满一片一片的小白花，有点像柑橘类植物的花，纯净的白，也仿佛有淡淡的香气。植物开花、授粉都很安静，花落后，花蒂就结了一枝慢慢变长的水笔仔。

水笔仔是很特殊的生态，因为红树林生长在海河交界，潮汐来去，烂泥滩上种子不容易附着，红树就形成胎生苗。一枝枝的水笔仔，悬吊在母树上，下端尖尖的，等小树成熟，水笔脱落坠下，插进泥泞土中，就可以生根成长了。

大寒过后，正是水笔仔成熟的时候，看到一枝枝像笔一样的胎生苗，仿佛看到许多新的生命，被母树呵护得如此好，等待立春前后，一一告别母树，寻找自己成长的机缘。

除夕前一日（二〇一七年一月二十六日），刚抄完第三卷《金刚经》，走到河岸看红树林水笔仔，像是天地为迎接立春预告的喜讯。